Ⓢ新潮新書

佐藤秀明 編
SATO Hideaki

三島由紀夫の言葉
人間の性

645

新潮社

はじめに

三島の文章には、穿《うが》った、ある意味ではひねくれた「綾《あや》」が多い。

それは、三島がありきたりのステレオタイプを常に破ろうとしているからであり、何かを跳び越えた向こう側を語ろうとしているからである。

「あるある」感といった安易な共感とは結びつかないのである。

だから読む人は、言葉の動きにうまく乗ってしまうと、規範的な思考を越え、何かを得心し、新しい地平での共感を感じることになる。

あたかもスポーツで、何度か練習した技術が偶然できて、ああこういうことかと感じたとき、そのスポーツの一段上の感覚が分かったというようなことである。

本書の言葉は、まとまった文脈から切り出してきたものなので、三島の意図を正しく伝えているとは言えない。また、ある意味では難解な文になっているかもしれない。

「文脈を離れた文は意味の確定が難しく、そこに意味を見出そうとすると、その文が最もよく使われる文脈で考えるしかない」ということを、アメリカの解釈学者のスタンリー・フィッシュが述べている。本書を読む場合も、「最もよく使われる文脈」を想定して考えるのもよいし、読み手独自の文脈に当て嵌《は》めて読んでも一向に構わないと私は考えている。むしろ、読者個人の文脈に当て嵌めて読まれることを、これらの言葉は期待しているのである。

なぜなら、文や文章が文脈を得たときに意味は立ち上がり、それが個人の固有の文脈に当て嵌まるならば、意味は読者自身のかけがえのない所有に帰するからである。そのとき、読者の内なる規範的で固定的な思考は、少なからず改編されるであろう。

それがこのような箴言集《しんげんしゅう》の、最も有益で不埒《ふらち》な愉しみ方であるにちがいない。その際には、意味だけでなく、ぜひとも言葉の選び方や運び方をも味わっていただけたらと思う。

この本を編むために「決定版 三島由紀夫全集」を読みながら、私も何度も、三島由紀夫論を構想するときとは異なる読み方をしているのに気づいた。

そのとき文学研究者としてではない私のどこかの思考が揺さぶられ、小さく固まっていた自分が改編される幸福を味わった。

ああ、そういうことかと腑に落ちたとき、人は自転車に乗れるようになり、プールの端から端まで泳げるようになり、スキーの難しいターンができるようになったのだった。さらに汲むことができ、人に活力を与え、考えることを促す文章は、古典になる資格があるのかもしれない。

もう一つ、三島由紀夫の文章を読むにあたっての視点をご提案したい。

三島は「男のおしゃれ」という随筆の中で、「男は粗衣によってはじめて男性美を発揮できる。ボロを着せてみて、はじめて男の値打がわかる、というのが、男のおしゃれの基本だと考えている」と述べている（本書では五十四ページに掲載した）。

しかし、三島由紀夫がなかなかの伊達者であり、いささか悪趣味な服装を好んだことは、同時代の人たちによく知られていた。メディアへの露出度も高かったから、写真で三島のファッションを見ていた人も多かっただろう。

三島由紀夫が着ていたスーツは、ふつうの生活感覚からするとびっくりするような高級品だったと、映画プロデューサーの藤井浩明氏からも聞いたことがある。藤井氏は、「炎上」（「金閣寺」）や「憂国」など何作もの三島作品を映画化した人で、スーツを一着プレゼントされたことがあるという。

「茅場町のホソノという店でフルオーダーで作ってもらったんですよ。後に、映画で会社社長か何かの役をすることになった山村聰が、『ホソノで衣裳を作ってもいいか』と聞くから、『とんでもない、勘弁してよ』と言ったことがあります」

と言って笑った。今なら百万円を優に超える値段だったという。当然三島は、それと同等かそれ以上の服を着ていたのだろう。

そうなると、矛盾してやしないか、という気持ちになるのも自然である。「何が粗衣だ」と言いたくもなる。

しかし、三島由紀夫はきわめて正直な人だというのが、長年彼を研究してきた私の印象である。

彼は高級紳士服の着心地や風合いを楽しみながら、一方で「粗衣を着る男」に憧れていたのだ。それは裕福な人が気まぐれで質素に憧れるというのとは少し違うような気がする。

そこには、粗衣を着て値打のある人への敬意がある。そして、そういう自分に作り替わりたいという決意、あるいは、自分は作り替わったのだという自信があるのかもしれない。

いずれにせよこの言葉こそが、三島由紀夫の「思想」にほかならない。つまり、男のおしゃれという「生活」についてのエッセイの体裁を採りながら、実は粗衣を着ることについての「思想」が語られているのだ。

だから、高級スーツを着用する三島自身の「生活」のレベルをここに持って来られても、話は食い違うだけなのである。三島由紀夫の発言には、こういう誤解がついてまわる。

このように、本書に掲載した「三島由紀夫の言葉」には、「生活」の言葉と「思想」の言葉とがある。「生活」とは、よりよく生きることであり、「思想」とは、それとは別の基準にある固有の理念といったものである。

とはいえ、もとより「生活」と「思想」とは相補的なもので、「生活」がなければ「思想」は生まれず、「思想」がなければ「生活」の軸も知恵もなくなる。両者の境界も曖昧である。

三島由紀夫の言葉をストレートに受け止めるには、少し立ち止まって、それが「生活」の言葉なのか、「思想」の言葉なのかを一度切り分けてみるのも、やってみるだけの価値のある試みではないだろうか。三島自身もまた、そういう切り分けと使い分けをしばしばしているからである。

そしてそれは、三島由紀夫が考える「人間の性《さが》」を読む鍵の一つにもなる。

三島由紀夫の言葉　人間の性　目次

はじめに 3

Ⅰ 男女の掟 13
二人が恋に落ちる時 15
性欲は愛か罪悪か 27
男と女は別の生き物 39

Ⅱ 世間の理 57
人の間に悪意は潜む 59
社会に棲むルール 71
時代が求めた偶像 83

Ⅲ 人間の性 93

美しく恐ろしき若者よ 95
肉体にこそ真実はある 109
精神を司るものは何か 121

Ⅳ 芸術の罠 133

文を綴り味わう者へ 135
表現の欲求と効用 153

Ⅴ 国家の檻 169

われら衆愚の政治 171
あの戦争が見せた風景 181
日本人の魂の在処 191

写真撮影　新潮社写真部

Ⅰ　男女の掟

戦後、結婚の自由、恋愛の自由、セックスの自由が順次謳歌された中で、三島由紀夫は、「自由」を認めつつも、タブーの消滅がエロスの減退に向かう危険を察知していた。

それが恋愛や性や結婚についての皮肉な眼差しとなって表現されることになる。男らしさ、女らしさの過剰な強調も、異性愛エロスの昂進を望んだからであろう。しかし、現代の目からすれば、男らしさ、女らしさというジェンダー化は、いささか滑稽ですらある。

三島は、文学作品では、「仮面の告白」「禁色」で男性同性愛を描き、「春子」でレズビアンを、「鏡子の家」でサディズム・マゾヒズム、「幸福号出帆」「音楽」で兄妹相愛、「金閣寺」で性的不能、「沈める滝」「音楽」で不感症を描くなど、多様な性のあり方を知っていた。これらが単なる小説的設定とは思えない。

にもかかわらず、随筆や評論では男と女を分け、本質主義的な思考を展開している。なぜだろうか。おそらく三島には、自己の性志向についての不安があり、それが旧来のジェンダー秩序を求めることになったのではないかと推察される。

恋愛・結婚・セックスは、後年「ロマンチックラブ・イデオロギー」と呼ばれ批判的に検討されることになるが、この三点セットが人々の間でまだ輝いていた時代に、三島はなかなかの大人の目を持ち、冷たく突き離して論じている。

ちなみに三島由紀夫の結婚は、三十三歳のときで、見合い結婚だった。

二人が恋に落ちる時

相手の幻想を破ることが、恋愛において誠実であるかどうかは、非常に疑問なのであります。ですから、真心を求め合うということは決して自分勝手な真心を相手から求めることであってはならない。恋愛は子供のすることでなく、おとなのすることですから、そこでは人間同士のうそが、一番美しい目的のために奉仕していく。うそというものが、恋愛では一番誠実な意味を持ってくるのではないかと私は思っています。

「新恋愛講座」（「明星」昭和30〈1955〉年12月〜31〈1956〉年12月）

愛は相手を所有することだとしても、簡単に所有するという形は、われわれにはほんとうはできない。相手が眠っているときか相手が死んでいるときしかできないのです。相手の自由を完全に自分のものとすることは、相手を殺してしまうか眠らせてしまうしかないのであります。しかしそれが不可能だとすると、いつまでもわれわれは不安にさいなまれなければなりません。

そこで考えられたのが、結婚という制度だろうと思うのです。

「新恋愛講座」（「明星」昭和30〈1955〉年12月〜31〈1956〉年12月）

同情して一緒に死ぬということは、少しも美しいことではありません。同情という感情は、ともすると目先だけの盲目的なものになりがちで、当の相手のためにもならないことが多いのです。心中する代りに、お尻をピシャンと叩いて、「何さ、男のくせにクヨクヨして」とはげましてやるほうが、本当の愛情であり、人生をだんだん深く知るにつれて、人間はそうそうたやすく他人を助けたり救ったりすることはできぬものだということに、気がつくようになります。

しかしそう気がついてしまうと、恋愛をするのもむずかしくなりますから、同情して一緒に泣いたりする段階がいちばん恋をしやすい段階かもしれません。

「新恋愛講座」(「明星」昭和30〈1955〉年12月〜31〈1956〉年12月)

別れについての技巧は、決して一般的なものではありません。なぜなら、大体くどきの技巧というものはある一つのルールでもってうまくいく場合が多いのですが、別れの技巧にこそ、人柄がものを言い、自分のパーソナリティが力を持つのであります。

ある映画俳優は、女性と別れるときは、いつもたった一言「あきちゃった」と言うそうです。それで別れが成立してしまうのですが、女の方も「もう、あきちゃった」と言われては、あいた口がふさがらず、あとを追っかけるわけにもいきません。まことに、天衣無縫の技巧であります。

（「新恋愛講座」〈「明星」昭和30〈1955〉年12月〜31〈1956〉年12月〉）

男性の場合における恋愛のエチケットは、たとえ相手を自分が捨てた場合でも、自分が捨てられたような振りをすることであります。つまり、世間的な体面において、相手を勝利者のように見せてやることです。自分がしょっちゅう振られたと言って歩く男は、実はいつも恋愛の成功者である場合が多い。そして、あの女を振ってやったと言って歩いている男は、実は捨てられてばかりいる男である場合が多いのであります。非常に自信のある人間は、相手を捨てたことなどを、自慢にはいたしません。

（「新恋愛講座」〈「明星」昭和30〈1955〉年12月〜31〈1956〉年12月〉）

私自身の経験に即して言うのですが、性や愛に関する事柄は、結局百万巻の書物によるよりも、一人の人間から学ぶことが多いのです。われわれの異性に関する知識は異性のことを書いたたくさんの書物や映画よりも、たった一人の異性から学ぶことが多いのです。ことに青年にとって、異性を学ぶということは、人生を学ぶということと同じことを意味しております。

「わが思春期」(「明星」昭和32〈1957〉年1～9月)

年がら年中ちがった女性に、
「君はなんてキレイなんだ」
と無邪気そうな溜息《ためいき》と共にお世辞を言っているドン・ファンが、女性の醜さを知りつくしたリアリストであるとは限らず、甘っちょろい夢想家である場合が大半なのであります。本当の、絶対不誠実な凄い空お世辞を言えるのは、やはり一種の悪魔的天才でありましょう。

「不道徳教育講座」(「週刊明星」昭和33〈1958〉年7月27日～34〈1959〉年11月29日)

二人が恋に落ちる時

女が人に尻尾をつかませないのが巧いのも、弱者の自己防衛の本能が鋭《と》ぎすまされた結果というべく、又、愛される立場にある者の弱さからともいえます。愛する者は手ぶらで愛せるが、愛される者は、永久に愛されたいと思うかぎり、永久に多少の神秘を保存しなければならない。すなわち、尻尾を保存しなければならないのです。人はわかりきったものを愛することはできません。

「不道徳教育講座」（「週刊明星」昭和33〈1958〉年7月27日〜34〈1959〉年11月29日）

どんなに醜悪であろうと、自分の真実の姿を告白して、それによって真実の姿をみとめてもらい、あわよくば真実の姿のままで愛してもらおうなどと考えるのは、甘い考えで、人生をなめてかかった考えです。

「不道徳教育講座」（「週刊明星」昭和33〈1958〉年7月27日〜34〈1959〉年11月29日）

恋愛というものは、社会と正面衝突しなければ、ほんとうの恋愛ではなく、その時代の社会に有害と考えられるのでなければ、恋愛の資格はありません。そのときはじめて恋愛は文化に貢献したのであります。

「反貞女大学」（「産経新聞」昭和40〈1965〉年2月7日〜12月19日）

夫婦の間ではウソをついている間はまだ脈があるといえるので、ウソというものは、自分を美しく見せるため、自分の真実の姿をさらけ出して相手を落胆させないためにつくものだ。だからウソには、エゴイズムとともに、相手への思いやりも含まれている。

〔…〕

おたがいに正直に情事を告白し合っている夫婦というものがあるとすれば、それはまず人工的な夫婦関係で、彼らの間には「愛」はもはやなく、友情だけだと考えてよい。

「反貞女大学」(「産経新聞」昭和40〈1965〉年2月7日~12月19日)

女の部屋は一度ノックすべきである。しかし二度ノックすべきじゃない。そうするくらいなら、むしろノックせずに、いきなりドアをあけたほうが上策なのである。

「複雑な彼」(「女性セブン」昭和41〈1966〉年1月1日~7月20日)

金婚式まで悠々とつづいている結婚は、大ていその間に暗黙のうちに、お互いの間で何度となく婚約更新が行なわれている、と考えていいと思います。

「どうだろう、もう一寸《ちょっと》つづけるか」

「そうね。子供ももう小学校だし」

「おわりの美学」〈「女性自身」昭和41〈1966〉年2月14日〜8月1日〉

これも一つの才能で、女がゴタゴタ言いだしたり、プスッとすねはじめたりすると、さっさと女を置いてきぼりにして、いたわりの言葉一つかけず、うまく逃げのびてしまう男もいます。

彼は相手も自分も、心理的に深く傷つけることなくおわり、何日でも平気で、相手があやまってくるのを待つことができるタイプです。こういう男はまことに幸福ですが、男性独特の論理探究の能力に劣る点があり、中年すぎれば肚芸《はらげい》の達人になり、とんでもない狸になることが多い。

女がえてしてだまされるのは、こういう男であり、彼は「女の謎」に対して、ちゃんと「男の謎」を保持することを知っているのです。彼はそうしてほうり出した女性に別の日に会うと、ケロリと明るい笑顔を見せ、決して「自分が悪かった」などと言いません。

彼は「喧嘩のおわり」の名人なのでありましょう。

「おわりの美学」〈「女性自身」昭和41〈1966〉年2月14日〜8月1日〉

夫婦であること自体が夫婦の目的なんであって、
「一緒にいるために一緒にいる」
というのが、本当のところでしょう。「芸術のための芸術」を鼓吹する一派を芸術至上主義といいますが、世間の夫婦の大部分は、こういう結婚至上主義者であるのである。

「おわりの美学」(「女性自身」昭和41〈1966〉年2月14日~8月1日)

恋愛にとって、最強で最後の武器は「若さ」だと昔から決まっています。ともすると、恋愛というものは「若さ」と「バカさ」をあわせもった年齢の特技で、「若さ」も「バカさ」も失った時に、恋愛の資格を失うのかもしれませんわ。

「三島由紀夫レター教室」(「女性自身」昭和41〈1966〉年9月26日~42〈1967〉年5月15日)

アメリカふうな恋愛技術では、恋は打ちあけ、要求し、獲得するものである。恋愛のエネルギーはけっして内にたわめられることがなく、外へ外へと向かって発散する。しかし、恋愛のボルテージは、発散したとたんに減殺されるという逆説的な構造をもっている。

「葉隠入門」（光文社、昭和42〈1967〉年9月）

結婚して毎日ご馳走を幾皿も家庭で作らせる亭主を、美食家と思って、自分の料理の腕に心酔していると思って、自慢のタネにしている女性は哀れである。くりかえして言うが、いわゆる美食家は退廃した人間であり、何を食わせても「うまい」「うまい」と喜んで平らげる男、女から見たら物足りない男こそ、女性にとって誇るべき亭主なのである。

「美食について」（「別冊女性自身」昭和44〈1969〉年12月）

非常に美しい若い女が、大金持の老人の恋人になっているとき、人は打算的な愛だと推測したがるが、それはまちがっている。打算をとおしてさえ、愛の専門家は愛を紡ぎ出すことができるのだ。

「愛するということ」（「女の部屋」昭和45〈1970〉年9月）

「ジャッキーは寛大だね」と悠一が言った。
「愛する者はいつも寛大で、愛される者はいつも残酷さ。悠ちゃん、僕だって、僕に惚《ほ》れた男にはあいつ以上に残酷だよ」

「禁色」(「群像」昭和26〈1951〉年1~10月、「文学界」昭和27〈1952〉年8月~28〈1953〉年8月)

「目をあいちゃいかんぜ!」
しかし若者はもう目をつぶろうとはしなかった。生れた時から漁村の女の裸は見馴れていたが、愛する者の裸を見るのははじめてだった。そして裸であるというだけの理由で、初江と自分との間に妨《げ》げが生じ、平常の挨拶や親しみのある接近がむつかしくなることは解せなかった。彼は少年らしい率直さで立上った。

「潮騒」(新潮社、昭和29〈1954〉年6月)

「若いうちはね、城所さん、自分のために女を蹂躙《じゅうりん》できます。三十をすぎると、そうそう自分ばかりにかまけてもいられず、女の身になって考えてやる気にもなるんです。本当の残酷さはそれからはじまるのですよ。

青年というものは決して残酷になどなることはできません」

「沈める滝」(「中央公論」昭和30〈1955〉年1〜4月)

性欲は愛か罪悪か

男の秘訣は、女に対しては、からだの交渉を持つまでは、決して女の欲望を認めてはいけないということです。あたかも、相手には欲望がないように、ふるまわなければいけません。それは、女性の羞恥心を、悪く刺激することになるからです。少なくとも、処女は自分の欲望を認められることを、大へんきらうものです。そして、自分が、自分の欲望を、これほどうまく隠しているのに、相手の若い男は、なぜそれを隠すことができないのかと、いつも、ひそかな驚きと、いきどおりとを感じているのです。

「新恋愛講座」(「明星」昭和30〈1955〉年12月〜31〈1956〉年12月)

記紀を読み返した。軽皇子《かるのみこ》が父天皇の寵妃衣通郎女《ちょうひそとおりのいらつめ》と通ずるあたりの簡潔な叙述に、古代のまばゆい肉体の純粋さがあふれている。恋愛を全く肉体的な衝動としてとらえて、肉体の力一つで見事に浄化し切っている。精神の助力をたのんでいない。これに比べると、わが国中世の隠者文学や、西洋のアベラアルとエロイーズの精神愛などは肉体から精神へのいたましい堕落と思われる。精神が肉体の純粋を模倣しようとしている。

「精神の不純」(「第一新聞」昭和22〈1947〉年3月27日)

ふつうの人生においては男女が同瞬間に死ぬことはまずありえないのに、情死は時を同じうして男と女が手をとりあって死ぬという点で、何ほどか独創的であるわけです。この点で、彼らは単なる模倣ではない人工の行為を通じて、（つまり人生とは別の道をたどって）、別様の天然自然に到達します。ここに於て、心中は芸術的行為であり創造的行為であります。芸術といい創造と言いますのも、人工が自然の模倣に了《おわ》らず、一つの新らしい自然の創造に関与することに他ならないからです。

「情死について——や、矯激《きょうげき》な議論」（「婦人文庫」昭和23〈1948〉年10月）

蟻は空中で結婚して、交尾ののち、役目を果した雄がたちまち斃《たお》れるが、雄の本質的役割が生殖にあるなら、蟻のまねをして、最初の性交のあとで男はすぐ死ねばよいのであった。omne animal post coitum triste（なべての動物は性交のあとに悲し）というのは、この無力感と死の予感の痕跡がのこっているのであろう。が、概してこの悲しみは、女には少く、男には甚だしいのが常であって、人間の文化はこの悲しみ、この無力感と死の予感、この感情の剰余物から生れたのである。

「女ぎらいの弁」（「新潮」昭和29〈1954〉年8月）

一つの欲望が非常に大事であるということになれば、ほかの欲望もみんな大事であると言えると思う。もし性欲の満足が非常に大事な問題であれば、ほかの欲望もそれぞれ人生の中での大問題になる。一つの欲望の充足がくだらぬことになってしまえば、ほかもみんなくだらなくなってしまう。（談）

「欲望の充足について――幸福の心理学」（「新女苑」昭和30〈1955〉年2月）

マゾヒストもサディストも、たえず絶対主義を夢みていることでは同じである。マゾヒストは、彼を苦しめる相手を、愛人としてではなく、何か怖ろしい絶対的正義の具現者と考えることをのぞみ、サディストも、自分が苦しめる相手を、自分が苦しめているのではなく、何か絶対的正義の苛酷な命令で苦しめられていると考えることをよろこぶのである。

「小説家の休暇」（講談社、昭和30〈1955〉年11月）

どうせ死ぬのなら純潔だろうがなかろうが同じことじゃないかと考えるのは大人の考

えで、純潔を保って心中するのは英雄烈女の行為のように礼讃されているのであるが、もう一歩進めて、死がかれらの性の営みに相当し、それを代理したという風にも云えはすまいか。心中という言葉にはどうしても性的陶酔の極致という幻影がつきまとうので、男女の性行為は本質的に擬似心中的要素を持っている。

「心中論」（「婦人公論」昭和33〈1958〉年3月）

性的主権と経済的主権を、共に握ることは男性のかわらぬ夢ですが、この考えがまちがっていはしないか。資格もないのに両方握ろうとするから、女性にバカにされるのである。実際は性的に女性を征服するなどというのはバカげた妄想で、女というものは、特殊な条件でなければ、そういう男性の妄想に屈服しません。要はそういう特殊な条件を創造することにかかっている、と私は考える。

現代の大多数の女性は、経済的主権のあやふやな男性に対しては、たとえ性的満足を彼から得ていても、彼の性的主権というものを心底みとめていない傾きがある。しかも男はあやふやなまま両方握ろうとするから、さっきの青年のような恥をかくのです。

「不道徳教育講座」（「週刊明星」昭和33〈1958〉年7月27日～34〈1959〉年11月29日）

痴漢はこんな哀れな存在ですけれど、本当のヴィーナスの像は、そこらの女たらしよりも、彼らの頭の中にかがやいているのかもしれません。なぜなら、見知らぬ女のお尻、見知らぬ女の手に触れ、見知らぬ女の体をのぞき見するときに、彼らは女性から人格を完全に取り去った、ヴィーナスの各断片に触れているのかも知れないからです。男にとって本当に困ることは、女性美の最高の姿であるヴィーナスには、女体の物《もの》としての美が集中され、そこには人格が完全に捨て去られていなければならぬことで、こんなヴィーナスは、現実に附合う女性には、求めようもないことです。かくて痴漢は、男性の欲望の、秘められた悲願を代表しているのです。

「不道徳教育講座」(「週刊明星」昭和33〈1958〉年7月27日〜34〈1959〉年11月29日)

思春期には、字引をめくっていても、性に関係した言葉は、ギラリと目を射ったものだ。今ではそんなことはないから、字引を読むたのしみも失ったのかもしれない。言葉はただの言葉、空々漠々たるものである。

「座右の辞書」(「風景」昭和36〈1961〉年1月)

エロティックな想像力の欠点は、性愛の頂点の向う側へどうしても思い及ばないことである。思い浮べることができ、空想によってかがやかすことができるのは、性愛の最高の瞬間だけであって、そこへいたる過程と、それ以後の下降の過程とは、そもそも別の次元に属し、同時に思い浮べることはどうしてもできない。強いてこの二つを結合しようとすれば、未来の空想に属する前者と、過去の体験に属する後者とを、別々の時間から引張ってきて、強引に結びつける他はないのだ。

「芸術断想」（「芸術生活」昭和38〈1963〉年8月～39〈1964〉年5月）

精神的交流によってエロティシズムが減退するのは、多少とも会話が交されるとき、そこには主体が出現するからである。到達不可能なものをたえず求めているエロティシズムの論理が、対象の内面へ入ってゆくよりも、対象の肉体の肌のところできっぱり止まろうと意志するのは面白いことだ。真のエロティシズムにとっては、内面よりも外面のほうが、はるかに到達不可能なものであり、謎に充ちたものである。

「解説（『日本の文学38川端康成』）」（『日本の文学38川端康成』中央公論社、昭和39〈1964〉年3月）

低きに流れる水と反対の性質を持つ愛は、これ〔エロスの性質〕によると、たえず高きに流れるらしい。しかし、人間にはそんなに高低はないから、相手を自分より無限に高いものとして憧れる気持は、半ばこちらの独り合点である場合が多い。それがわかって幻滅を感じても、自分の中の、高いもの美しいもの、美しいものへ憧れた気持はのこる。ギリシアの哲人は、こういう愛の本質をよく知っていたのである。

「愛《エロス》のすがた——愛を語る」（「マドモアゼル」昭和39〈1964〉年4月）

「不感症は性的自意識から生れる」と私は書いた、正にその意味で、不感症は、戦後の性知識の過度の普及に対する、皮肉な反撃のように思われることである。この「性的自意識」は、戦後の言論の自由と、低俗な性知識性技巧万能の風潮によって培われたものであり、そういう論者は性知識と性技巧をマスターすることによって、女性の真の幸福が得られると説いている。これは戦前の女性の社会的抑圧と性的抑圧に対する当然の反動であるが、行きすぎということは何にでもあるもので、それがまた、不感症の増加を促しつつあるのである。手記の中の多くの事例で、不感症は凝った性的技巧などで癒やされるものではなく、何か「自然の発露」というような形で、人間のもっとも柔軟な心の再発見というような形で、癒やされているのを知ることができる。

「真実の教訓――選評」(「婦人公論」昭和39〈1964〉年6月)

「あなたのためなら殺されてもいい」と青年に思わせたとき、本当の姦通がはじまるのです。あなたは一歩を踏みだした。そして、公認されない肉のよろこび、という人生のもっとも厳粛な快楽がはじまります。社会はもうあなたの味方ではありません。

「反貞女大学」(「産経新聞」昭和40〈1965〉年2月7日~12月19日)

エロス自体の性質というものもある。サディスティックなエロスは批評に向いているが、マゾヒスティックなエロスは、つるつるした芸術的磨き上げに適している。そして前者は束縛を厭《いと》うて形式を破壊し、感受性を涸渇させる危険があるけれど、後者は愛する対象による束縛を愛して、感受性の永遠の潤沢を保障しうる。理想的な作家は両者の混淆《こんこう》にあるのだろうが、どちらかに偏するなら、後者に偏したほうがいい。

「谷崎潤一郎について」（「豪華版日本文学全集12谷崎潤一郎集」河出書房新社、昭和41〈1966〉年10月）

主役が十六歳の少年と十五歳の少女であるということもあるが、彼は長たらしい会話をかわすのももどかしげに、顔を見合すなりたちまち、まるで美しいつがいの小鳥のようにチュッ、チュッ、チュッ、チュッ、チュッ、チュッと、すばやいキスをかわすのであった。そこには快楽がひとかけらもないかわりに、情熱があった。そして若さが性に対して持ち得る一番よいものは、こうした盲目的な無知の情熱であり、おとなたちがそれを美しいと言うのは、すでにおとなたちがその情熱にひそむ苦しみを忘れているからである。

「若きサムライのための精神講話」（「ＰｏｃｋｅｔパンチＯｈ！」昭和44〈1969〉年2月）

未来の映画は、すべてブルー・フィルムになるであろう。そして公認されたブルー・フィルムの最上の媒体は、ヴィデオ・カセットになるであろう。なぜならそれは映像の性的独占を可能にするからだ。

これはもう予期された結末であるが、それというのも、映画は性を扱う時に圧倒的な効果を発揮するにもかかわらず、劇場映画に要する厖大な製作費の条件は、性を無名性と個人的独占から遠ざけるようにしか働らかないからである。

「忘我」(「映画芸術」昭和45〈1970〉年8月)

『優雅というものは禁を犯すものだ、それも至高の禁を』と彼は考えた。この観念がはじめて彼に、久しい間堰《せ》き止められていた真の肉感を教えた。思えば彼の、ただたゆたうばかりの肉感は、こんな強い観念の支柱をひそかに求めつづけていたのにちがいない。

「「豊饒の海」第一巻 春の雪」(「新潮」昭和40〈1965〉年9月~42〈1967〉年1月)

男と女は別の生き物

私の描きたい女性は、やはり遺憾ながら、銀座の街頭やダンスホールにはころがっていない。今の日本にはいないのかもしれない。世界のどこの隅にもいないのかもしれない。それだからこそ描きたいのかもしれない。利いた風な口を利くな、おまえさんの描く女ぐらい五分おきに銀座を歩いていらあ、という人があれば私は大へんな讃辞だと思って己惚《うぬぼ》れる。だって世界のどの隅にもいない筈の女が、そんなに沢山銀座あたりを闊歩しているようなら、彼女たちはてっきり私の小説からぬけだして、繁殖したものにちがいないからである。

「世界のどこかの隅に――私の描きたい女性」(「女性改造」昭和25〈1950〉年1月)

だいたいこのごろの女学生たちは、皆さんものすごい理想家であり、俊敏な合理主義者であり、それのみならずおそるべき健啖家であり、(食欲嬢と書いてもよろしいが、健啖家と書いたほうがどうやら立派にきこえます)、とても男の子が太刀打ちできないほどまじめであり、(話はちがいますが、ぼくが大学生だったころ、教室の最前列を占めているのは常に女子学生でした)、そうかと思うと男友達のポケット・マネーがつづかないほど遊び好きであり、それから時にはめちゃくちゃに意地悪であり、……何のことはない、女性の強味を最大限に発揮している傾きがありますが、理想は狂熱に、合理主義は打算に、食慾はお腹下《なかくだ》しに、真面目は頑迷に、遊び好きは自堕落に、意地悪はヒステリーに紙一重の美徳でありますから、その紙一重を破らぬためには、やはり清潔な秩序の精神が、まばゆいほど真白なエプロンが、いつもあなたがたの生活のシムボルであってほしいと思います。

「女学生よ白いエプロンの如くあれ」(「女学生の友」昭和25〈1950〉年6月)

友情というものは、涙であるよりもまず、人生の最初において他の人間を正確に判断しえたという理性的な喜びなのであるが、少くとも女学校的友情は、判断以前の情緒にすぎないことが多いように思われる。

小さなリボンや、ピンや、小さなカードや封筒などからなる、小さな陰謀、ちっちゃな裏切り。何度となく繰り返される離反と仲直り、これは男同志の友情では見られないところの女同志の友情独特の恋愛のオサライ的形式である。

「女の友情について」(「婦人画報」昭和26〈1951〉年4月)

私は不思議にぬかみそくさい女はかけない。ゲーテの「若きウェルテルの悩み」のなかで、女主人公ロッテが、子供のためにパンを切って分けている。それをみていたウェルテルはロッテに恋をするという一場面があるが、日本の女性がそうしている姿を考えると、みみっちさがさきに出て来て、想像に耐えられない。だから私は、実際的には生活から足の浮いたものにしか美しさを感じない。お化粧をしない美には、全然不感症で、飾りたてた女が好きだ。

「私の理想の女性――贅沢品として」(「婦人朝日」昭和28〈1953〉年1月)

女にはどっちかといえば知性のない方がいいのである。長唄などのおさらいの会で坐っている女の美しさ、豪華なものの美しさ、洋服を着なれた足のうつくしさ、話していて男性の心理に微妙に反応する会話の面白さ、或は自分の生活のなかでどうこういうことはないが、作品のなかで、身を亡ぼす場合もある。本当に贅沢品としての女、こんな女が私の理想の女性である。

「私の理想の女性――贅沢品として」(「婦人朝日」昭和28〈1953〉年1月)

一癖ありげな女性というものは、やっぱり魅力のあるものである。何を考えているのかわからない。ということが、もっとも私の弱点にひびく魅力である。何を考えているのかわからない。という風に見えるのは、往々、何も考えていないし、習慣として何も考えない。ということでもあるが、われわれ精神労働者にとっては、何も考えない人間ほど神秘的にみえるものはないのであろう。

「好きな女性」（「知性」昭和29〈1954〉年8月）

この世にはいろんな種類の愛らしさがある。しかし可愛気のないものに、永続的な愛情を注ぐことは困難であろう。美しいと謂《い》われている女の人工的な計算された可愛気は、たいていの場合挫折する。実に美しさは誤算の能力に正比例する。

「好きな女性」（「知性」昭和29〈1954〉年8月）

女性たちは、世間の認可ずみの、古くさい、危険のない教養が大好きだ。古典音楽の知識、十九世紀までの小説（それらはかつては黒い教養に属していたものだが、今では白い教養の一部になってしまった）、なまぬるい恋愛映画、ほんの少し進歩的な政治思想、台所むきの経済概論、それから十年一日のごとき恋愛論、……こういうものが、今日、女性の教養と呼ばれているものの一覧表ですが、これを総動員して、美しく生きようとしている女性たちの群を見ると、私は心底からおぞ気を慄《ふる》わずにはいられない。そういう傾向は、文化をなまぬるく平均化し、言論の自由を婦人側から抑制し、一国の文化全体を毒にも薬にもならないものにしてしまう怖るべき原動力であります。

「女が美しく生きるには」（「婦人公論臨時増刊「美しき人生読本」」昭和34〈1959〉年8月）

少女時代に、女性はまず美しく生きようと思いはじめます。これは少年も同じことですが、少年の場合は、まず第一に自分の醜さに目ざめてから、その醜さにたえられずに、自らをあざむいて、美しく生きようと思いはじめる。ところが少女はちがいます。思春期の女学生などというものは、生毛《うぶげ》が生えて、肌がどす黒くて、鼠の仔のようなのが大多数であって、幼年時代の美しさを一旦完全に失ってしまうのが常ですが、そのさなかにおいて、女はまず（少しも自分の醜さに目ざめることなしに！）、美しく生きようと思いはじめるのです。一体こんな奇想、こんな法外な考えは、どこから生れてきて、少女の頭にとりついて、そこに巣喰うのであろうか？　これは全く、修道院の尼僧の頭に殺人の考えが巣喰うようなふしぎである。

「女が美しく生きるには」（「婦人公論臨時増刊「美しき人生読本」」昭和34〈1959〉年8月）

或る奥さんが、彼女のことを、
「あの方って本当にお利口そうね」
と触れまわっている別の奥さんに、かねがね敵意を抱いていた。女は「きれいね」と云われること以外は、みんな悪口だと解釈する特権を持っている。

「第一の性」（「女性明星」昭和37〈1962〉年12月〜39〈1964〉年12月）

彼女たち〔もっともな説を述べる女性たち〕の理屈は、全部こういう平和論を基本としていて、疑いようのない正論です。こんな理屈には、だれも太刀打ちできない。そして彼女たちは、ふしぎと、だれも太刀打ちできないような理屈だけを探し出して来て、それをひんぱんに使います。

「反貞女大学」（「産経新聞」昭和40〈1965〉年2月7日〜12月19日）

そこへ行くと、同性たちに好かれる女性は年をとるにつれて人間的魅力を増し、いうにいわれぬおもしろいパーソナリティーを形成します。

彼女たちには必ずどこか抜けたところがある。これは男の魅力にも通じるもので抜けたところのない人間は、男でも女でも、人気を博することはむずかしい。少女歌劇の世界ばかりでなく、芸者の世界、女ばかりの学校など、女だけの世界に生きる女性の中には、こういう二次的な美点がそなわってくる場合もあるらしい。

しかし一方、女ばかりの世界に育った女でいやらしい女といったら、これだけいやらしい女もめずらしいというのがいる。

同性だけの世界が、その性にそなわる非常な美質と、非常な欠点とを、二つながら極端な形で代表するのは、男のかつての軍隊にも見られたところでありました。

「反貞女大学」（「産経新聞」昭和40〈1965〉年2月7日～12月19日）

女は個性に飽きたら、整形美容病院へ飛び込むがよし、男は個性に飽きたら、お巡りさんになって制服を着るがいいでしょう。しかし、くれぐれも、将来のために「個性の救命具」を用意するようなみみっちい真似は、若いうちからしないでほしい。私は「私の鼻は大きくて魅力的でしょ」などと頑張っている女の子より、美の規格を外れた鼻に絶望して、人生を呪《のろ》っている女の子のほうを愛します。それが「生きている」ということだからです。

「おわりの美学」(「女性自身」昭和41〈1966〉年2月14日〜8月1日)

文子 小皺なんかなくってよ、あなたも、わたくしも。

伊津子 あなたって案外リアリストじゃないのね。目の下の小皺は、「早くおたのしみなさい」っていうしるしなのよ。どんなに行き過ぎをやっても、スキャンダルを起しても、鏡の中のこの小皺が罪を恕《ゆる》してくれるのよ。

文子 (言われて自分も鏡をのぞきながら)それじゃこれは私たちの敵じゃなくって、一等寛大な友だちなのね。

「女は占領されない」(「声」昭和34〈1959〉年10月)

『〔…〕よく考えると、打たれた私を見捨てて、打った女の人を庇《かば》いに行ったあの方の態度は、却《かえ》って男らしい態度のような気がするの。だって、私、女だからわかるけど、女同士の喧嘩の場合は、打たれた女より、打った女のほうが百倍も可哀想な女なのよ』

「複雑な彼」(「女性セブン」昭和41〈1966〉年1月1日〜7月20日)

「あなたは女がたった一人でコーヒーを呑む時の味を知っていて?」

「…………」

「今に知るようになるわ。お茶でもない、紅茶でもない、イギリス人はあまり呑まないけれど、やはりそれはコーヒーでなくてはいけないの。それはね、自分を助けてくれる人はもう誰もいない、何とか一人で生きて行かなければ、という味なのよ。黒い、甘い、味わい、何だかムウーッとする、それでいて香ばしい味。しつこい、諦めの悪い味。〔…〕」

「夜会服」(「マドモアゼル」昭和41〈1966〉年9月〜42〈1967〉年8月)

男の年齢の累積は美しくない。それは男が成年期に達すると、単なる男から、一個の抽象概念としての「人間」に脱皮するからであろう。世間で男ざかりなどというのは、主としてこの後者の意味である。

「美しいと思う七人の人」（「それいゆ」昭和29〈1954〉年2月）

女のオッパイの競争は肉体の領域だけの問題だが、男の愚劣な英雄ごっこは、ただちに肉体の領域を通り抜けて、精神の世界にまでひろがってゆき、根本的動機は実に幼稚なのだが、ひろがりゆく先は、世界の政治・経済や、思想や芸術すべての英雄ごっこ、あらゆる大哲学や大征服事業や大芸術を生み出した英雄ごっこへと到達するのです。つまり男の足は、女よりもずっと容易に、地につかなくなりうるのです。「足が地につかない」ことこそ、男性の特権であり、すべての光栄のもとであります。

「第一の性」（「女性明星」昭和37〈1962〉年12月～39〈1964〉年12月）

多少とも軍隊生活あるいはそれに類似のものに経験のある男は、ラッパの音には全く弱い。消灯ラッパの哀切なひびき、進軍ラッパの勇壮なひびき、あれに胸をえぐられない男はありません。何故だかわからないが、そうなのです。

運動部にいたことのある人間は、試合に負けたとき、あるいは思いがけぬ大勝利のとき、肩を抱き合って泣いた思い出から、一生のがれられないし、どんな男も、意外なところに泣きどころを持っている。

「第一の性」(「女性明星」昭和37〈1962〉年12月〜39〈1964〉年12月)

「泣かせるよ、あれは」

という表現をよく男は使います。

これは半分の軽蔑、半分の自嘲で、男同士が、自分の中のどうしようもない男をみとめるときの合言葉です。

「第一の性」(「女性明星」昭和37〈1962〉年12月〜39〈1964〉年12月)

それでは一旦悟りをひらいて一人前の男になった男は、もう一生、浮気をする心配がないかというと、それが実はそうでないところが、男という生物《いきもの》の厄介なところです。

彼はやっぱり次々とつまみ喰いをする。灰の味を知ってしまったのに、今度は、灰の味には何種類あるかしらべようという気を起す。それは一種の知的探究心かも知れないが、いずれにしろ、彼はまず、いまだにそれを甘い蜜の味だと思っている男に比べれば、人生に適応性があると云わねばならない。悟ったあとでは、二度と蜜の味は戻って来ないことを知っていますから。そして灰の味は、夢中になるほどおいしいものではないことを知っていますから。……それでも新らしい灰は、やはり舐《な》めてみたいものなのです。灰の研究家としては。

「第一の性」（「女性明星」昭和37〈1962〉年12月～39〈1964〉年12月）

そこへ行くと大石〔内蔵助〕はステキだ。彼が何人女と寝ようと、それは世間をあざむくためのウソだったのであるから、心は貞女の奥さんだけに捧げていたのにちがいない。

男から見ても、日本の男には、悲壮感の裏づけのある快楽のほうがステキなのです。心には烈々たる復讐の念を秘め、おもては放埒《ほうらつ》に、酒と女に明け暮れる、というほうが何となくステキである。

「第一の性」（「女性明星」昭和37〈1962〉年12月～39〈1964〉年12月）

子供が可愛くなってくると、男子として、一か八かの決断を下し、命を捨ててかからねばならぬときに、その決断が鈍り、臆病風を吹かせ、卑怯未練な振舞をするようになるのではないかという恐怖がある。そこまで行かなくても、男が自分の主義を守るために、あらゆる妥協を排さねばならぬとき、子供可愛さのために、妥協を余儀なくされることがあるのではないか、という恐怖も起る。主義を守りとおすためには、まず有り余る金があればいいのだが、その有り余る金を稼ぐには、主義の妥協が要る。という悪循環は、子供のおかげで倍加するであろう。

「子供について」（「弘済」昭和38〈1963〉年3月）

男らしさのナルシシズムは、賞讃する世間と相依存しているから、孤独から出発した男らしさが、結局、世間の要求する「男らしさ」の型にいつも自分をはめ込む結果になる。この意味で、真に独創的な英雄というものは存在しない。

「私の中の〝男らしさ〟の告白」（「婦人公論」昭和38〈1963〉年4月）

そこ〔硬派〕ではエモーショナルなものを、恋愛の代りに、政治が代表していると考えられる。その東洋的な政治概念では、男性的な理想および男性的な人間関係のお手本として政治があり、その理想と人間関係をつなぐ糸は、エモーショナリズムである。

〔…〕これらがあくまで恋愛とちがう点は、恋愛のロマンチックな個性的主張とはちがって、政治におけるエモーションは、自分を既成の理想型に従わせる情動だ、という点である。従って硬派は、あやまって軟派的堕落に陥らぬかぎり、決して自己崩壊の憂目を見ることがない。

「文学における硬派——日本文学の男性的原理」（「中央公論」昭和39〈1964〉年5月）

すなわち男らしい戦士の顔は、いつわりの顔でなければならず、自然な若さの晴朗を失ったのちは、一種の政治学でこれを作り出さねばならぬからだ。軍隊はこのことをよく教えていた。指揮官の朝の顔とは、人々に読みとられる顔、人々が毎日の行動の基準をそこに素速く発見する顔なのであり、自分の内心の疲労を包み隠し、どんな絶望の裡にあっても人を鼓舞するに足る楽天的な顔、個人的な悲しみをものともせず、昨夜見た悪夢をあざむき、ふるいおこした気力にあふれた、いつわりの顔であった。そしてそれのみが、生きすぎた男たちの、朝の太陽に対する礼節の顔なのであった。

「太陽と鉄」（「批評」昭和40〈1965〉年11月〜43〈1968〉年6月）

私はこんな風潮〔男のおしゃれがはやる風潮〕一切がまちがっていると考える人間である。男は粗衣によってはじめて男性美を発揮できる。ボロを着せてみて、はじめて男の値打がわかる、というのが、男のおしゃれの基本だと考えている。

「男のおしゃれ」（「平凡通信」昭和39〈1964〉年12月）

「葉隠」がここに言っている人間の、あるいは男の顔の理想的な姿、「うやうやしく、にがみありて、調子静かなる」というのは、そのまま一種の男性美学といえる。「うやうやしく」には男の顔にあるところの、人を信頼させる恭謙な態度が要請されており、「にがみ」にはこれと反対に、一歩も寄せつけぬ威厳が暗示されており、しかも、この二つの相反する要素を包むものとして、静かな、ものに動じない落ちつきが要求されている。

「葉隠入門」（光文社、昭和42〈1967〉年9月）

男というのは動物ではない、原理ですよ。普通男というと動物だと思っているんだ。女から言うと、男ってペニスですからね。あの人、大きいとか、小さいとか、それは女から見た男で、女から見た男を、いまの世間は大体男だと思っているんだろうがね。ところが、男というのはまったく原理で、女は原理じゃない、女は存在だからね。男はしょっちゅう原理を守らなくちゃならないでしょう。

「守るべきものの価値——われわれは何を選択するか」（石原慎太郎との対談、「月刊ペン」昭和44〈1969〉年11月）

闘わせるために養われ愛護される動物みたいに、こうして手厚く二人がかりで世話をされ、グローヴの紐の締め加減を尋ねられる瞬間には、何ともいえない甘美なものがあった。彼はもとから、ラウンド間の休息にセカンドから世話を焼かれ、ビール罎《びん》に入れた水でうがいをさせてもらう、ボクサーの境涯を羨やんでいた。

何しろそれは戦いのためだから！　戦う男は手厚くいたわられる必要があるのだ。

「鏡子の家」（新潮社、昭和34〈1959〉年9月）

Ⅱ　世間の理

三島由紀夫は少年時代に、自分を堕天使だと思っていた節がある。自分はこの雑駁な現実世界に堕ちてしまった特別な存在だと。

この世の掟に全的に縛られない存在は、人間としてどうやって生きていったらよいのだろうか。短篇小説「詩を書く少年」や最後の長篇「『豊饒の海』第四巻　天人五衰」にそういう少年が出てくる。「近代能楽集」の一篇「弱法師《よろぼし》」は、空襲で目を焼かれて盲目になった少年が主人公で、悪魔的なこの少年も、周囲の人たちを意のままに動かそうとする堕天使の一人である。しかし、彼の詐術を押さえ込む大人の女性が現れ、少年は心ならずも世間の理に従うことを選択する。

これは「思想」の「生活」に対する敗北を物語っており、思えば「思想」は常に「生活」には勝てないのである。

やむを得ず従わなければならないのならば、上手にこの世を渡っていこうという知恵が、本章の言葉には表れているように思われる。そこには、馴致《じゅんち》されきれない主体性も、いくらかの悪意も含まれている。

しかし、どのようにしても「生活」に勝てない「思想」は、それゆえに存在価値があるのではないかというのが、三島の譲れない考えであるようだ。ところどころでそういう「思想」が、信号の変わり目に突っ込んでくる暴走車のように疾走する。

人の間に悪意は潜む

人を悪徳に誘惑しようと思う者は、大ていその人の善いほうの性質を百パーセント利用しようとします。善い性質をなるたけ少なくすることが、誘惑に陥らぬ秘訣であります。

「不道徳教育講座」（「週刊明星」昭和33〈1958〉年7月27日〜34〈1959〉年11月29日）

お節介焼きには、一つの長所があって、「人をいやがらせて、自らたのしむ」ことができ、しかも万古不易の正義感に乗っかって、それを安全に行使することができるのです。人をいつもいやがらせて、自分は少しも傷つかないという人の人生は永遠にバラ色です。

「不道徳教育講座」（「週刊明星」昭和33〈1958〉年7月27日〜34〈1959〉年11月29日）

友人を裏切らないと、家来にされてしまうという場合が往々にしてある。大へん永つづきした美しい友情などというやつを、よくしらべてみると、一方が主人で一方が家来のことが多い。主人側がなかなか利口で、あくまで対等の扱いをして、世間にも、また当の家来にも、彼が主人であるということを露骨に出さず、実は完全な精神的主従関係を確立しているのです。これは家来側が、すっかり降服して、忠誠を誓い、かつ主人の才能や力を利用して虎の威を借りており、主人側が鷹揚《おうよう》にかまえて、十分利用させてやりながら、アゴで使っているという関係で、本当の友愛ということはできないが、人間関係の動物的本質にとっては、このほうがむしろ自然ですから、裏切りがないかぎり、いくらでも永つづきします。

「不道徳教育講座」(「週刊明星」昭和33〈1958〉年7月27日～34〈1959〉年11月29日)

われわれが「やりきれない」と思う他人の欠点は、大ていは相手が生きているということから起る。やりきれない口臭の持主も、死んでしまえば一向気にならない。大体、生きている人間というものは、どこか我慢ならない点をもっています。死んでしまうと誰だって美化される。つまり我慢できるものになる。これは生存競争の冷厳な生物的法則であって、本当の批評家とは、こんな美化の作用にだまされない人種なのであります。

「不道徳教育講座」(「週刊明星」昭和33〈1958〉年7月27日～34〈1959〉年11月29日)

人間ぎらいで知られた故永井荷風氏も、一旦会ってしまった人の前では、それなりにニコニコして、相手をそらさぬ応対をしたと云われ、これを世間では「都会人の弱気」と呼びます。文豪と呼ばれる某大家なども、会ってみるとこちらが恐縮するほど鄭重《ていちょう》で、ある会合で、わざわざ私の外套を椅子の上からとって渡してくれたこともありました。世間で傲岸不遜でとおっている人でも、会ってみるとびっくりするほど当りの柔らかい例は、統計をとってみると、たしかに都会人に多い。吉田茂氏なども、お国は四国かもしれないが、こういう都会人の一人なのでしょう。

もちろん都会人のこういう「弱気」、当りの柔らかさ、サーヴィス精神などというものは、子供のときからの社会的訓練のあらわれで、エゴイズムによる自己防衛の本能のあらわれです。あるいは又、そこはかとない恐怖心のあらわれです。人間恐怖が、あらゆる人間ぎらいの底にはひそんでいます。

「不道徳教育講座」（「週刊明星」昭和33〈1958〉年7月27日〜34〈1959〉年11月29日）

喧嘩はつまらぬことに腹を立てることから発生して大事にいたるのが通例ですが、人生上の事件には、そんなに動機の軽重はないのです。腹を立てるべき十分の理由があって腹を立てる喧嘩というのは、ドラマチックではあっても、喧嘩の純粋な非功利性は失われ、人間の行為を論理で押し固めた人工的なものにしてしまいます。そんな喧嘩の自慢はつまらない。

「不道徳教育講座」(「週刊明星」昭和33〈1958〉年7月27日～34〈1959〉年11月29日)

――他人に場ちがいの感を起させるほどたのしげな、内輪のたのしみというのはいいものだ。たとえば、祭りのミコシをかついだあとで、かついだ連中だけで集まってのむ酒のようなものだ。われわれに本当に興味のある話題というものは他人にとってはまるで興味のないことが多い。他人に通じない話ほど、心をあたたかく、席をなごやかにするものはない。

「内輪のたのしみ」(「新潟日報」昭和34〈1959〉年1月1日)

守勢に立つ側の辛《つら》さ、追われる者の辛さからは、容易ならぬ狡智が生れる。追ってゆく人間は、知恵を身につけることができぬ。追ってゆくことで一杯だから。

「追う者追われる者――ペレス・米倉戦観戦記」(「産経新聞」昭和34〈1959〉年8月11日)

――あなたが一番いやなことは？
人間関係の粘つき
〔…〕
――人生の最上の幸福は？
仕事及び孤独
――人生の最大の不幸は？
孤独及び仕事
〔…〕
――一番楽しいときは？
仕事のすんだとき
――あなたが欲しいもの三つ？
もう一つの目、もう一つの心、もう一つの命
〔…〕
――あなたの性格の主な特徴は？
軽薄及び忍耐

——友人に一番のぞむことは？
わけへだてのある愛情
——あなたの主な美点は？
約束墨守

「三島由紀夫氏への質問」（「文芸」昭和38〈1963〉年12月）

軽蔑感が美しくなるのは、勝敗がきまった一瞬だけのことで、勝者はチラと相手を軽蔑の目で見下ろしながら、その場を去ってゆくのが、正常というものです。

「反貞女大学」（「産経新聞」昭和40〈1965〉年2月7日〜12月19日）

「またお目にかかる日をたのしみに」

これは押しつけがましくない、よい結びの文句です。約束を強いない。再会を必ずしも約さない。人生でもう二度と会う日はないかもしれないが、この前会ったときはたのしかった、という気持が言外にあふれている。人生に対して、他人に対して、欲張った望みを持ちすぎない、という、聡明で清潔な人柄が溢《あふ》れている。腹八分目で、少し物足りないくらいのところが、人生の最上の美味なのです。

「またぜひお目にかかりたいと思います」

という結びは、少し脅迫じみている。


「おわりの美学」（「女性自身」昭和41〈1966〉年2月14日〜8月1日）

脅迫状は事務的で、冷たく、簡潔であればあるだけ凄味があります。

第一、感情で脅迫状を書くというのはプロのやることではありません。卑劣に徹し、下賤に徹し、冷血に徹し、人間からズリ落ちた人間のやる仕事ですから、こちらの血がさわいでいては、脅迫状など書けません。


「三島由紀夫レター教室」（「女性自身」昭和41〈1966〉年9月26日〜42〈1967〉年5月15日）

私が好きなのは、私の尻尾を握ったとたんに、より以上の節度と礼譲を保ちうるような人である。そういう人は、人生のいかなることにかけても聡明な人だと思う。

親しくなればなるほど、遠慮と思いやりは濃くなってゆく、そういう附合を私はしたいと思う。親しくなったとたんに、垣根を破って飛び込んでくる人間はきらいである。

「私のきらいな人」(「話の特集」昭和41〈1966〉年7月)

行動の苦難を共にすると、とたんに人間の間の殻が破れて、文句を云わせない親しみが生ずるのは、ほとんど年齢と関わりがない。私は実に久々に、昼食後の座学の時間の耐えられない眠さを、その古い校舎の窓外の青葉のかがやきを、隣席の友人の居眠りから突然さめて照れくさそうにこちらへ向ける微笑を味わった。

「自衛隊を体験する——46日間のひそかな〝入隊〟」(「サンデー毎日」昭和42〈1967〉年6月11日)

学生時代に約束や時間を守らなかった人間ほど、かえって社会の歯車である自分に満足してしまう人間ができあがりがちなのである。

約束や時間というものは、それ自体が重要なのではない。われわれがそれを守るのは、守らなければ世の中がひっくり返るから守るのではない。

「若きサムライのための精神講話」(「Pocketパンチ Oh!」昭和43〈1968〉年8月)

自分が弱者に同情しているのも、自分が決定的な弱者ではないということを知っているからであり、また自分がかつて一度弱者の立場に立ったということをいつまでも自分の立脚点にしているからである。

「自由と権力の状況」（「自由」昭和43〈1968〉年11月）

私の会った東京都清掃局の古いヴェテラン職員の顔には、何か哲学者のような翳《かげ》があった。人間をそういうところでキャッチしているという並々ならぬ自信がうかがわれた。こういう人たちの前へ出ると、われわれは実に弱い。何だか自分がゴミと屎尿の製造機にすぎぬような気がしてくるからだ。夢の島を見て、その厖大さに、気の遠くなる思いをしたすぐあとのことであった。

「三島由紀夫のファクト・メガロポリス」（「週刊ポスト」昭和44〈1969〉年12月12日）

――義理と人情をどうお考えですか？

義理はマナーであって、モラルではないと思います。わたしの場合でいうと、一度でも恩義を感じた人、親しくした人の悪口は、口ではいっても、文字にはしません。わたしは物書きだからね。人情はほどほどがいいと思っていますね。心の底からわきでて、涙がこぼれるといったことはありません。またきらいですね。

「美を探究する非情な天才――三島由紀夫さんの魅力の周辺」(「毎日グラフ」昭和44〈1969〉年1月19日)

社会に棲むルール

似合っても似合わなくても、流行には従うべきなのであります。それはあなたの最上の隠《かく》れ蓑《みの》であって、思想をよく隠すのは流行の衣裳だけだと云ってもよろしい。

「不道徳教育講座」(「週刊明星」昭和33〈1958〉年7月27日～34〈1959〉年11月29日)

世間の人でお世辞のきらいな人があったらお目にかかりたい。中でも女と権力者は、お世辞の愛好家の最たるものである。私は断言してよろしいが、

「俺はお世辞が大きらいだ」

と威張ってる人間ほど、お世辞の大の愛好家で、しかもお世辞に対して人一倍贅沢な嗜《し》好《こう》を持ってる人だと思ってよろしい。

「不道徳教育講座」(「週刊明星」昭和33〈1958〉年7月27日～34〈1959〉年11月29日)

幸福でありすぎるか、不幸でありすぎるときに、ともすると告白病がわれわれをとらえます。そのときこそ辛抱が肝腎です。身上相談というやつは、誰しも笑って読むのですから。

「不道徳教育講座」(「週刊明星」昭和33〈1958〉年7月27日～34〈1959〉年11月29日)

「×のやつが今度実に下らん小説を書きやがった。低俗で見るに耐えん。殺っちまえ！」

と来れば、批評もずいぶんスッキリします。

「あの人、よくもあたしを捨てて、他の女と結婚したりしたわね。ようし、バラシちゃうから」

「よし、今度税金をとりに来やがったら、只じゃおかねえぞ、殺っちまえ」

「何だ、上役ヅラをして、俺のことをボケナスなんて言いやがったな、殺っちゃえ殺っちゃえ」

これを心の中で言っていたのではダメで、公然と言えるようになったら、ちっとも殺伐ではなく、陽気で爽快です。ためしに一人で叫んでみてごらんなさい。大声で、大きな叫びで人を殺すのは、実際に人を殺すよりずっと気持のよいものだということがわかるでしょう。しかし本当のところ、法律も文明もなかったならば、にくい奴を、ただにくいからという理由で殺すのは、人間にとって一等健康的なことであったかもしれないのです。

「不道徳教育講座」(「週刊明星」昭和33〈1958〉年7月27日~34〈1959〉年11月29日)

自分の持たないものの悪口は言いやすい。金を持っていなければ金持の悪口が言いやすいし、権力を持っていなければ権力者の悪口が言いやすい。キリストが、「心貧しきものは幸いなり」と言ったのは、「心が貧しいほど、悪口を言う能力をいっぱい持っているから、幸福である」という意味かもしれない。岸〔信介〕さんみたいに、人に悪口ばかり言われる身になっては、いくら総理大臣になっても味気ないことであろう。

「社会料理三島亭」(「婦人倶楽部」昭和35〈1960〉年1~12月)

われわれ個人とすれば、一旦身に受けた醜聞はなかなか払い落せるものではない。たとえ醜聞が事実とちがっていても、醜聞というものは、いかにも世間がその人間について抱いているイメージとよく符合するようにできている。

「アメリカ人の日本神話」(「HOLIDAY」昭和36〈1961〉年10月、ドナルド・キーン訳)

この世で最も怖ろしい孤独は、道徳的孤独であるように私には思われる。もし某国会議員が、生れながらに人肉嗜好の病的衝動の持主であったとしたら、問題はまたおのずから変ってくる。自然は道徳と無関係に事を運び、人間道徳に根本的に背馳した人間を作ることが往々あるが、こういう人間は、たとえその嗜好を、犯罪を免かれて満足させうる前述のような好機に恵まれても、犯罪の恐怖よりももっと怖ろしい道徳的孤独に心を苛《さいな》まれるにちがいない。

「道徳と孤独」(「文学界」昭和28〈1953〉年10月)

道徳的感覚というものは、一国民が永年にわたって作り出す自然の芸術品のようなものであろう。しっかりした共通の生活様式が背後にあって、その奥に信仰があって、一人一人がほぼ共通の判断で、あれを善い、これを悪い、あれは正しい、これは正しくない、という。それが感覚にまでしみ入って、不正なものは直ちに不快感を与えるから「美しい」行為といわれるものは、直ちに善行を意味するのである。もしそれが古代ギリシャのような至純の段階に達すると、美と倫理は一致し、芸術と道徳的感覚は一つものになるであろう。

「モラルの感覚」(「毎日新聞」昭和29〈1954〉年4月20日)

一から十まで自分の趣味に叶った生活ができるまでは、弊衣破帽で押し通すというのも一つの考え方だが、一人の人間の生活に、趣味と必要の大きな落差が、ほうぼうにちらばっていて矛盾に充ちているというのも面白いし、私はそれで行きたいと思う。

「わが衣食住」(「文芸」昭和30〈1955〉年4月)

皇居前広場で、突然一人の若者が走り出て、その手が投げた白い石ころが、画面に明瞭な抛物線をえがくと見る間《ま》に、若者はステップに片足をかけて、馬車にのしかかり、妃殿下は驚愕のあまり身を反らせた。忽ち、警官たちに若者は引き離され、路上に組み伏せられた。馬車行列はそのまま、同じ歩度で進んで行ったが、その後しばらく、両殿下の笑顔は硬く、内心の不安がありありと浮んでいた。

〔…〕

われわれはこんな風にして、人間の顔と人間の顔とが、烈しくお互を見るという瞬間を、現実生活の中ではそれほど経験しない。これはあくまで事実の事件であるにもかかわらず、この「相見る」瞬間の怖しさは、正《まさ》しく劇的なものであった。伏線も対話もなかったけれど、社会的な仮面のすべてをかなぐり捨てて、裸の人間の顔と人間の顔が、人間の恐怖と人間の悪意が、何の虚飾もなしに向い合ったのだ。皇太子は生れてから、このような人間の裸の顔を見たことははじめてであったろう。と同時に、自分の裸の顔を、恐怖の一瞬の表情を、人に見られたこともはじめてであったろう。

「裸体と衣裳——日記」(「新潮」昭和33〈1958〉年4月〜34〈1959〉年9月)

「〔…〕人間は性慾は別としても、どうしてこう朝から晩まで、人間に関心を払いつづけるか呆れるばかりです。朝の新聞、隅から隅まで人間のことばかり、それからテレビ、次から次へと人間ばかり現われる。たまに動物が登場しても、口あたりよく擬人化されている。そして人間の話ときたら、人間のことばかり。たまに地震や津波や桜の花の満開と云った自然現象が語られても、もっぱら人間の利害得失の見地からであって、人が死んだり殺されたりした話が、又人間をこの上もなく愉しませます。〔…〕」

「美しい星」(「新潮」昭和37〈1962〉年1〜11月)

或る階級、或る職業が、総括的に笑うべきものであり、野卑なものである、と考えることは民主社会のタブーである。たとえば映画やテレビで、或る職業が笑いものにされると、たちまち投書が山積する。しかし笑いは本質的に残酷なもので、政治漫画のように権力者を笑うことだけで民主的満足を味わっていられるならそれでよいが、笑いの及ぶところ、もし社会的タブーがなければ、人間は不幸な人たちをも、貧しい人たちをも、いやそればかりか、不具者たちをも笑おうとする。不具者を笑う笑いが不健全で、権力者を笑う笑いが健全だという判断は、人間性の洞察の浅い政治的判断にすぎない。

「芸術断想」（「芸術生活」昭和38〈1963〉年8月～39〈1964〉年5月）

「舞台裏はもっとも早く魅力の色褪《いろあ》せる場所だ。それは或る事件の『真相』みたいなもので、真相なんてものにわれわれは永く付合えるわけがない。それに『真相』なんて、大ていまやかしものに決っている。いつでもすばらしいのは事件そのもので、それだけなのだ」

「芸術断想」（「芸術生活」昭和38〈1963〉年8月～39〈1964〉年5月）

内田百閒氏の「東京日記」という夢幻的な随筆にも、丸ビルが一夜にして影も形もなくなり、そのあとの水たまりに水すましが泳いでいる描写があったように記憶しているが、われわれの心には、物事の恒久性をねがう気持と一緒に、いつまでもデンとして居《い》据《すわ》っている事物への、いいしれぬ嫌悪もひそんでいて、それが一朝にして消えて失くなったら、という願望もあるのである。

「秋冬随筆」（「こうさい」昭和39〈1964〉年10月〜40〈1965〉年3月）

のみならず、私は「美容整形」の思想が、未来社会の一つの重要なモラルになりそうな予感さえしている。精神のことなんか置きざりにして、外面だけ美しくしようという考えは、人類の抱く一等浅はかな考えのようだが、この「浅さ」が曲者《くせもの》なのだ。あらゆる「深い」思想が死に絶えたあとに、もっとも「浅い」思想に、「深み」が宿るかもしれないのである。

「「美容整形」この神を怖れぬもの」（「サンデー毎日」昭和40〈1965〉年3月21日）

それはある意味では「美の時代」の到来である。とにかく、もっとも巧妙に自然に見せかけ、野性に見せかけることに、あらゆる人工的努力を競う時代。エデンの園を人工的に再来させようとする時代。人間の心のなかの悩みだの思想だのは一顧も与えられず、ザイン（在る）よりもシャイネン（見える）に重点が置かれる時代。健康であることよりも健康に見えることのほうが尊く、美しいことよりも美しく見えることのほうが重要な時代。……それはもしかすると、裏側から、あの「輝かしいギリシャ」へ復帰する方法かもしれない。

「「美容整形」この神を怖れぬもの」（「サンデー毎日」昭和40〈1965〉年3月21日）

内面的なモラルというものは、自分が決めて自分がしばるものだ。それがなければ、精神なんてグニャグニャになっちゃう。今日では、自分で自分をしばるといったストイックな精神的態度を、だれも要求しなくなった。ストイックなのは損だと、だれもが考えている。

「「精神的ダンディズムですよ」——現代人のルール「士道」」（「サンデー毎日」昭和45〈1970〉年7月12日）

そもそも契約書がいらないような社会は天国なのである。契約書は人を疑い、人間を悪人と規定するところから生れてくる。

そして相手の人間に考えられるところのあらゆる悪の可能性を初めから約束によって封じて、しかしその約束の範囲内ならば、どんな悪いことも許されるというのは、契約や法律の本旨である。

「若きサムライのための精神講話」（「Ｐｏｃｋｅｔパンチ０ｈ！」昭和43〈１９６８〉年8月）

時代が求めた偶像

一つの時代は、時代を代表する俳優を持つべきである。ドゥーゼの時代というとき、団菊の時代というとき、どんな政治史的経済史的回顧も及ばぬ、一つの時代の全貌が、その俳優と時を同じうして生きた人々の脳裡にあらわれる。そのことは、俳優の芸が、フィルムやレコードの上にたとえ残されようと、その与えた本当の生《なま》の感動は時代と共に滅んで、ただ後代へ口づてに伝承されるだけだ、という事情とも関係がある。残るのは目撃者の証言だけであり、その目撃者もやがて死に絶えるのである。

「六世中村歌右衛門序説」〈写真集「六世　中村歌右衛門」講談社、昭和34〈1959〉年9月〉

「学習院の連中が、ジャズにこり、ダンスダンスでうかれている、けしからん」と私が云ったら〔川端康成〕氏は笑って、「全くけしからんですね」と云われた。それはそんなことをけしからがってるようじゃだめですよ、と云っているように思われる。

「川端康成印象記」〈生前未発表、昭和21〈1946〉年1月27日執筆、「決定版　三島由紀夫全集26」新潮社、平成15〈2003〉年1月〉

〔石原慎太郎〕氏の独創は、おそらくそういう生《なま》の青春を文壇に提供したことであろう。

われわれは文学的に料理された青春しか知らないし、自分の青春もその真似をして、のっけから料理してかかっていたのである。
私はあるとき飜然《ほんぜん》とそれに目ざめ、爾来《じらい》、文学的青春および観念的青春というものを一切信じなくなってしまった。それからやっと、私は若くなったのである。

「石原慎太郎氏」(「東京新聞」夕刊、昭和31〈1956〉年4月16日)

それにしても公衆の心理とはふしぎなものである。公衆は今まで無数の「新鮮なアイドル」をその手で汚《よご》し、葬ってきた。〔ジェームス・〕ディーンがなお生きていたら、確実に彼を汚したであろう人たちが、彼の死後一年たって、まだ熱狂的に彼の死を哀惜しているのである。彼らは自分の手が彼を汚しえなかったことがそれほど口惜しいのであるか?　ディーンが賢明にも先手を打って、自分を汚しにかかる公衆の手のとどかぬところへ飛翔したことが、それほど口惜しいのであるか?　公衆はいわば残酷に経過する時間の本質を象徴しており、それ故いつも公衆は絶対の勝利を占めてきたので、たまさかのこうした敗北がめずらしく、うれしく、貴重で、自分の敗北の思い出を忘れることができないのである。

「夭折の資格に生きた男――ジェームス・ディーン現象」（「映画の友」昭和31〈1956〉年11月）

スキャンダルは犯罪でなく、それを立てられる人は、犯人ではなくて、ただの容疑者なのです。容疑者は少くとも「らしく見え」なくてはなりません。スキャンダルの成功は、みんなこの「らしく見える」ところに根拠を持っており、石原裕ちゃんのように、それがそのまま、民衆の偶像《アイドル》にもなるのです。

「不道徳教育講座」（「週刊明星」昭和33〈1958〉年7月27日～34〈1959〉年11月29日）

スキャンダルを一度利用したら、それをとことんまで押しとおすのが秘訣であって、この点、元首相吉田茂氏は見上げたものでした。反動勢力の親玉であり、親米派の巨魁《きょかい》であり、傲岸不遜、人を人とも思わず、カメラマンにはコップの水を引っかけ、わからずやで、あらゆる漫画のタネになったこの人物は、最後まで弱気を見せず、インテリ的良心みたいなものをちらつかせたりしませんでした。そしてこの個人的スキャンダル性が彼の信用になり、一方では、政治的スキャンダルから完全に無縁で終りました。

「不道徳教育講座」（「週刊明星」昭和33〈1958〉年7月27日～34〈1959〉年11月29日）

俳優というものは、ひまわりの花がいつも太陽のほうへ顔を向けているように、観客席のほうへ顔を向けているものであって、観客席から見るときに、その一等美しい、しかも一等真実な姿がつかめるとも云える。しかし一方には、一個の人間としての越路〔吹雪〕さんの私生活があり、ここにも厳然たる人間の真実がある。だから俳優は、二つの真実を持っている。われわれよりも、持ち合せの真実の数が一つ多いのである。

「俳優という素材（「女は占領されない」）」（「芸術座プログラム」昭和34〈1959〉年9月）

「ああ、女たちよ。威張れ。威張れ。いくらでも威張れ。お前たちのおのぞみの歌、大好きな歌をうたってやるからな。ほら、俺が歌うと、どうしたんだい？　今まで威張ってたお前たちが、急にしびれて、引っくりかえるじゃないか。

男の暴力を封じ、経済力をむしばみ、権力を弱めてきたお前たちが、ハ、ハ、ハ、ハートブレーク・ホテルだなんて、俺が下らない歌を、ふるえ声で歌うと、とたんに降参して城を明け渡すじゃないか。なんて君らは低俗な趣味なんだ。〔…〕」
――プレースリーの歌をきいていると、私は砂糖菓子みたいな歌詞のむこうがわで、彼がたえず右のように歌っている声をきくような気がします。

「第一の性」(「女性明星」昭和37〈1962〉年12月~39〈1964〉年12月)

市川猿翁が亡くなった。大体、芸術家の値打の分れ目は、死んだあとに書かれる追悼文の面白さで決ると言ってよいが、世間をあげて哀悼の意を表しても、つまらない追悼文しか書かれない芸術家の死は哀れである。そういう例も近きにある。猿翁も危うくそうなりかけるところだったが、心友舟橋聖一氏の、例のひいきの強い、強引な面白い追悼文のおかげで、そうなる羽目を免かれたといえる。

「芸術断想」(「芸術生活」昭和38〈1963〉年8月~39〈1964〉年5月)

彼女〔吉永小百合〕のような清純なピチピチした生活美の発見は、日本ではそんなに古い歴史を持っているわけではない。映画の世界でさえ、戦前は、肺病型美人が、かなりの力を持っていた。だから、彼女がいくら平凡に見えても、こういう平凡さが永遠に新鮮だということを見抜く点では、日本の大衆の眼力は相当のものである。いわゆる「個性」なんかには、永遠の力はない。

「美しい女性はどこにいる――吉永小百合と「潮騒」より」(「若い女性」昭和39〈1964〉年6月)

日紡の大松監督がそうでしょう。男だったら途中で反乱を起すような凄い訓練をする。あれでみんながついて来るのは、大松さんの人徳もあるけど、大松監督のお蔭で自分が摑《つか》んだものを離したくないからだと思います。つまり自分の力だけではそこまで行けないんです。汗を流し血を流して得たもの、それは大松監督のお蔭で得たものなんです。そこまで行く過程においては随分腹が立つこともあるでしょうけれども、摑んだものは自分が摑んだんだから……。

「三島由紀夫先生を訪ねて――希望ほうもん」(「済寧」昭和39〈1964〉年10月)

あたかもアレキサンダー大王がアキレスを模して英雄になったように、独創性の禁止と、古典的範例への忠実が英雄の条件であるべきであり、英雄の言葉は天才の言葉とはちがって、既成概念のなかから選ばれたもっとも壮大高貴な言葉であるべきであり、同時にこれこそかがやける肉体の言葉と呼ぶべきだったろう。

「太陽と鉄」（「批評」昭和40〈1965〉年11月〜43〈1968〉年6月）

一名優の壮麗な容貌を築き上げるほどの文化の創造力は、貧しい文化にはもとより望みがたい。その時代が誇るに足る一個の壮大な記念碑的な顔を残しうる文化、顔を形成しそれを歴史に刻みつけうるほど偉大な形成力をもった文化、それは同時に、その顔をして安んじて自らの時代を拒ましめ、その顔に時代の記憶を安んじて預けうる寛大な文化でなくてはならぬ。そこにこそ真の後継者が産声《うぶごえ》をあげ、叶えられなかった前時代の願望をも己れ一身に具現しようとする勇気を示すであろう。そこにはじめて壮麗な顔が生れる。

「沢村宗十郎について」（「日本演劇」昭和22〈1947〉年4月）

「〔…〕あんたがどうして生きてるか、といえば、それは簡単なことだわ。あんたの『見かけ』が、一から十まで、本当の世界の認識に忠実で、向うの注文に叶っているからだわ。それと引き代えに、向う様は、決して誰にも見せない私たちの秘密を、私たちの熱心な虚偽を、虚偽の信仰をしぶしぶ許しているんだわ。〔…〕」

「スタア」(『群像』昭和35〈1960〉年11月)

一定の自然なサイズを逸脱するとき、もっともリアルな描写がそのまま一つの観念に転化する、……そこにクローズ・アップの、古典的な効用があったのである。一千人の観客のために拡大された美しい顔は、ただ一千人に一人のこらずその顔をよく見せるための技巧というにとどまらず、一千人の一人一人の個別的幻想となり、個別的観念となるために必要な技巧なのである。演劇における俳優の顔は、大ぜいの観客によってただ「頒たれる」だけであるが、映画における俳優の顔は、一人一人に、「全的に所有される」ことになった。それがスタアというものの根本理念だった。

「映画的肉体論——その部分及び全体」(『映画芸術』昭和41〈1966〉年5月)

「世間」とは何だろう。もっとも強大な敵であると共に、いや、それなればこそ、最終的には、どうしても味方につけなければならないもの。そういうものと相渉《あいわた》るには、政治学だけでは十分ではない。何か「世間」に負けない、ついには「世間」がこちらを嫉視せずにはいられぬような、内的な価値と力が要る。魅惑《シャルム》こそ世間に対する最後の武器である。

「序（丸山明宏著「紫の履歴書」）」（丸山明宏著「紫の履歴書」大光社、昭和43〈1968〉年9月）

美しい病気を（いくら美しくても、病気である限り、もともと人に忌み避けられるものを）世間全般に伝播伝染させ、ついには健康な人間の自信をも喪失させ、病気になりたいと願わせるまでもってゆくこと。すなわち、自分一個の病気を時代病にまでしてしまうこと。

「序（丸山明宏著「紫の履歴書」）」（丸山明宏著「紫の履歴書」大光社、昭和43〈1968〉年9月）

人は、虚偽を以てまごころを購《あがな》うことには十中八九失敗するが、まごころを以て虚偽を購うことには時あって成功する。しかもこの上もない花やかな虚偽を！

「序（丸山明宏著「紫の履歴書」）」（丸山明宏著「紫の履歴書」大光社、昭和43〈1968〉年9月）

Ⅲ　人間の性

人間通という言葉がある。この章の文章を始めから読んでいくと、少年期の残酷、孤独、青春のずるさ、青春時代の読書、道徳を超越する美意識など、まさに人間通と言ってよい文章に出会う。酸いも甘いも嚙み分け、人間のすばらしさも苦みも臭味も味わい、若さも老年も、強さも弱さもわきまえた人の文。

これらの文章を書いたのは三十歳そこそこのときで、その年齢で、ここまで人間を見抜いていると思うと空恐ろしくもなり、また突き抜けた愉快ささえ感じる。何を言っているんだ、三島由紀夫だぞ、当たり前じゃないか、と思ってはいけない。偶像視は、誇張を伴ったナルシシズムしか生まない。

しかし、一般に人間通と言うときの、どこか鷹揚な、受け身の寛大さといった態度が三島にはない。おそらく三島は若い頃から未来に「老年」を持たず、その上虚無に親炙《しんしゃ》していたからであろう。

そういう人が人間存在を心の底から肯定していたかというと、……肯定していなければ、「生活」も「思想」もありえず、これらの言葉も残さなかったにちがいない。

またこの人間通は、肉体の言葉にも多大な関心を示したのである。三十歳から始めたボディビルによって、筋肉と健康を獲得したからだが、肉体の言葉は、「生活」を跳び越えて、危険な「思想」の領域に彼の精神を拉致してしまった。自刃したのは、四十五歳のときである。

美しく恐ろしき若者よ

少年期の特長は残酷さです。どんなにセンチメンタルにみえる少年にも、植物的な残酷さがそなわっている。少女も残酷です。やさしさというものは、大人のずるさと一緒にしか成長しないものです。

「不道徳教育講座」（「週刊明星」昭和33〈1958〉年7月27日〜34〈1959〉年11月29日）

われわれが孤独と呼ぶものは、こういう精神の共同生活から自分だけがほうり出されていると感じることであります。しかしまた同時に、そういう精神の共同体に人一倍憧がれる状態でもあります。若い人はそういうものに人一倍強く憧がれ、憧がれるあまりそれに満足できないのであります。

「青春の倦怠《アンニュイ》」（「新女苑」昭和32〈1957〉年6月）

彼女や彼らは人生というものを実にまじめにとっております。寸毫《すんごう》の不正も許すことができず、一点の汚濁も容れることができません。彼女たちはいわゆるおとなを憎み、おとなたちの不潔さを弾劾《だんがい》します。それでもおとなたちはなにか仕事をしているのですが、彼女たちはまだ仕事を持たず、つまり青春の倦怠の状態にいるのであります。私が申したいのは、この種の倦怠は人生に対して真摯《しんし》なように見えながら、実はずるさの自己弁護、自分が傷つかないことの自己弁護にほかならない場合が多いのであります。

「青春の倦怠《アンニュイ》」(「新女苑」昭和32〈1957〉年6月)

私は青春時代の読書をつくづく振返ってみるのですが、あれほど自己弁護のために読書する時代はありません。従って逆にいいますと、読書がそれほど人生の助けになり、身につく時代もありません。客観性を欠いた読書、批判のない読書、そして自分のためだけの、自分の気に入ることだけをひっぱり出すための読書、自分で結論が決っていて、その結論にこびるものだけを取り出す読書、若い人の読書はおおむねこういうものが多い。

「青春の倦怠《アンニュイ》」(「新女苑」昭和32〈1957〉年6月)

しかし、何と云っても若い人同士の心中はいいもので、太宰治などの中年者の心中の不潔さはない。自殺でも心中でも若いうちに限るので、それが美男美女なら一そう結構なのである。おんなじハラキリでも、乃木大将の皺腹《しわばら》より、白虎隊のほうがどんなにきれいかしれない。
或る人は私のこういう放言に眉をひそめるだろうが、私は今、故意に放言をしたのである。日本人の誰の心の中にも道徳を超越して、右のような美意識が眠っている。

「心中論」（「婦人公論」昭和33〈1958〉年3月）

先生をバカにすることは、本当は、ファイトのある少年だけにできることで、彼は自分の敵はもっともっと手強いのだが、それと戦う覚悟ができていると予感しています。これがエラ物《ぶつ》になる条件です。この世の中で、先生ほどえらい、何でも知っている、完全無欠な人間はいない、と思い込んでいる少年は、一寸《ちょっと》心細い。しかし一方、「内心」ではなく、やたらに行動にあらわして、先生をバカにするオッチョコチョイ少年も、やっぱり弱い甘えん坊なのだと言って、まずまちがいはありますまい。

「不道徳教育講座」（「週刊明星」昭和33〈1958〉年7月27日〜34〈1959〉年11月29日）

青春の特権といえば、一言を以てすれば、無知の特権であろう。人間には、知らないことだけが役に立つので、知ってしまったことは無益にすぎぬ、というのは、ゲエテの言葉である。どんな人間にもおのおののドラマがあり、人に言えぬ秘密があり、それぞれの特殊事情がある、と大人は考えるが、青年は自分の特殊事情を世界における唯一例のように考える。

「私の遍歴時代」(「東京新聞」夕刊、昭和38〈1963〉年1月10日~5月23日)

若さと老巧とが一人の人間の肉体のなかで、始終その配分を争っている。そして自分に勝ち、自分を征服しつくしたときは、多くは若さを失ったのちである。

「追う者追われる者――ペレス・米倉戦観戦記」(「産経新聞」昭和34〈1959〉年8月11日)

暗い陰惨で辛《つら》い生活をとおりぬけて来たという自信と誇りを、今の子どもは与えられなさすぎる。「学園」という花園みたいな名称も偽善的だが、学校というところを明るく楽しく、痴呆の天国みたいなイメージに作り変えたのは、大きな失敗であった。学校というものには暗いイメージが多少必要なのである。

「生徒を心服させるだけの腕力を――スパルタ教育のおすすめ」(「文芸朝日」昭和39〈1964〉年7月)

老人と若者のちがいは簡単なことで、老人はこの世の中が変わることを知っているから、しいて変えようともしないし、若者はこの世の中が変わらないと思いつめているから、性急に変えようと努力する。そして結局、世の中は多少とも変わるのだが、それはじつのところ、老人が考えるように「自然に」変わったのでもなければ、若者の考えるように革新の力によって変わったのでもない。両者の力がほどほどに働いて、希望は裏切られ、目的はそらされ、老人にとっても若者にとっても、百パーセント満足という結果には決してならずに、変わるのである。

「文学的予言——昭和四十年代」(「毎日新聞」夕刊、昭和40〈1965〉年1月10日)

はっきりいってしまうと、学校とは、だれしも少し気のヘンになる思春期の精神病院なのです。

これは実に巧みに運営されていて、入院患者(学生)たちには、決して「私は頭がヘンだ」などと気づかせない仕組みになっている。

先生たちも何割か、学生時代のまま頭がヘンな人たちがそろっていて、こういう先生は学生たちとよくウマが合う。何千人という人間のいる学校のなかで、ほんの何人かの先生がこの秘密を知っていて、この秘密を決して洩らさぬように学校経営をやってゆく。

「おわりの美学」（「女性自身」昭和41〈1966〉年2月14日〜8月1日）

今になってわかることは、あれほど「われら」を怖れ憚《はばか》り、忌み嫌い、「われら」との無縁を、絶対に信じ主張していた私は、それゆえにこそ、「われら」の一員だったのではないか、ということだ。私の青春は「われら」とは絶対に無縁だったというこの疑いようのない事実にこそ、私がまぎれもなく「われら」の一員だった、という証拠があらわれているのではないか？

「「われら」からの遁走《とんそう》――私の文学」（「われらの文学5三島由紀夫」講談社、昭和41〈1966〉年3月）

夢みられた危険はますます肥大する。彼が所有したと一旦は信じた未来を根こそぎにするような、彼の存在の本質の全否定の上に成立つようなその危険は、彼の「未来の所有」を奪うようにしか働らかないだろう。それがその危険の最大の効用であるだろう。……彼をして再び、「未来を持たない存在」に還元せしめるような危険。つまり、老狐を魅する最大の危険とは、「青春」に他ならぬであろう。

「「われら」からの遁走《とんそう》――私の文学」（「われらの文学5三島由紀夫」講談社、昭和41〈1966〉年3月）

青年期は反抗の衝動と服従の衝動とを同じように持っている。これは自由への衝動と死への衝動といいかえてもよい。

「葉隠入門」（光文社、昭和42〈1967〉年9月）

私はかつて、私が青年から何かを学ぶということなどありえない、という傲岸な自信を抱いていたが、世の中には一方的な交渉というものはありえない。覚悟のない私に覚悟を固めさせ、勇気のない私に勇気を与えるものがあれば、それは多分、私に対する青年の側からの教育の力であろう。そして教育というものは、いつの場合も、幾分か非人間的なものである。（談）

「青年について」（「論争ジャーナル」昭和42〈1967〉年10月）

私は見るに見かねて、「せっかく学生が対等に話そうとしているのだから、どうか先生も学生と対等に話してやっていただきたい。つまり、ていねいなます口調はやめて、向うがこんちくしょうと言うなら、こっちもこんちくしょうと言ってください」とたのんだところ、まじめな先生は色をなして、「そんなら言うが、君らの態度はなんだ、このやろう」と、ガラリと口調を変えたのはおかしかった。

人生は、成熟ないし発展ということが何ら約束されていないところにおそろしさがある。われわれは、いかに教養を積み知識を積んでも、それによって人生に安定や安心が得られるとは限らない。

「若きサムライのための精神講話」(「ＰｏｃｋｅｔパンチＯｈ！」昭和44〈1969〉年1月)

夏のきらびやかな巨大な櫃《ひっ》の塗料が剝《は》げ、すべてに衰亡がしのびやかにおしよせる。芒《すすき》の穂の銀は、すでに夏の色ではない。そして、人間にとっての悲劇は、もう若くないということではなくて、心ばかりがいつまでも若いというところにあるように、夏が去ったあとも我々の心に夏が燃えつきないのが悲劇なのだ。

「月々の心」(「婦人画報」昭和44〈1969〉年1〜12月)

青年は人間性の本当の恐しさを知らない。そもそも市民の自覚というのは、人間性への恐怖から始まるんだ。自分の中の人間性への恐怖、他人の中にもあるだろう人間性への恐怖、それが市民の自覚を形成してゆく。互いに互いの人間性の恐しさを悟り、法律やらゴチャゴチャした手続で互いの手を縛り合うんだね。

そうした法律やら手続やらに、人間性の恐しさにまだ気づかない青年が反撥するのは当然といえば当然なんで、要は彼らに人間性の本当の恐しさを気づかせてやりゃあいい。

「東大を動物園にしろ」（「文芸春秋」昭和44〈1969〉年1月）

私自身のことを言って恐縮だが、いつまでたっても「若い、若い」と頭を押えつけられるのに反撥した結果、「ああ、この通り若いよ」と、ムリヤリ若がって奇矯《ききょう》な行動に出て来た傾きがあるのである。そうでもしなければ気分が納まるものではない。老人ぶって得をするような社会で、得をしたってつまらないのである。そういうコスカライ若年寄がうじゃうじゃいるのが又、老人社会の特徴である。

「維新の若者」（「報知新聞」昭和44〈1969〉年1月1日）

いかなる兇悪な詐欺師からよりも、師から我々は欺かれやすい。しかしそれは明らかに教育の一部である。

「詩論その他」（生前未発表、「新潮臨時増刊「三島由紀夫没後三十年」」平成12〈2000〉年11月）

中村　〔…〕屁理屈《へりくつ》をいえば、それなら若いときは満足していましたか、ということもいえる。

三島　絶対満足していない。

中村　困るね。

〔…〕

三島　満足しないで八十で死ぬのと満足しないで二十で死ぬのとどっちがきれいですか。まあ美的な問題だ。

中村　きれいということになればそうだろう。

三島　年をとればとるほど二十で死んでなかったのは何てバカだったろうと思う。

「対談・人間と文学」（中村光夫との対談、講談社、昭和43〈1968〉年4月）

「海はどこまでいけばあるの。海はとおいの。海へゆくには何に乗ってゆくの」

勤王派の兄はそのころ失意のため、若さがこうむりやすい絶望のなかで、暗いきもちをいだきそうして憔《やつ》れきっていた。
「海なんて、どこまで行ったってありはしないのだ。たとい海へ行ったところでないかもしれぬ……こんなことはおまえにはわかるまいが。……」

「花ざかりの森」（「文芸文化」昭和16〈1941〉年9～12月）

文学とは、青年らしくない卑怯な仕業だ、という意識が、いつも私の心の片隅にあった。本当の青年だったら、矛盾と不正に誠実に激昂して、殺されるか、自殺するか、すべきなのだ。
〔…〕私には、悲劇的な勇敢さや、挫折をものともせぬ突進の意欲や、幻滅をおそれぬ情熱や、時代と共に生き時代と共に死のうとする心意気や、そういうものがまるきり欠けていることを告白する。

「空白の役割」（「新潮」昭和30〈1955〉年6月）

「〔…〕……俺は応援団長のころ、あの威勢のいい応援歌を歌っている最中にも、突然

『死』を感じて、快い気持になったことが屢々《しばしば》あった。出たくて我慢していた小便をしたあと、体がぞくぞくっと慄《ふる》える気持、あれが多分『死』の感覚なんだ。〔…〕」

「鏡子の家」（新潮社、昭和34〈1959〉年9月）

その言葉によって、次郎は自分のなかに残っていた並の少年らしさを、すっかり整理してしまった。反抗したり、軽蔑したり、時には自己嫌悪にかられたりする、柔かい心、感じ易い心はみな捨てる。廉恥の心は持ちつづけているべきだが、うじうじした羞恥心などはみな捨てる。「……したい」などという心はみな捨てる。その代りに、「……すべきだ」ということを自分の基本原理にする。そうだ、本当にそうすべきだ。

「剣」（「新潮」昭和38〈1963〉年10月）

『美しい目よ』と本多は呼んだ。『澄んで光って、いつも人をたじろがせ、丁度あの三光の滝の水をいきなり浴びせられるように、この世のものならぬ咎《とが》めを感じさせる若者の無双の目よ。何もかも言うがよい。何もかも正直に言って、そして思うさま傷つくがいい。お前もそろそろ身を守る術《すべ》を知るべき年齢だ。何もかも言うことによって、最後

に お前は、《真実が誰によっても信じてもらえない》という、人生にとってもっとも大切な教訓を知るだろう。そんな美しい目に対して、それが私の施すことのできる唯一の教育だ』

「「豊饒の海」第二巻　奔馬」（「新潮」昭和42〈1967〉年2月〜43〈1968〉年8月）

肉体にこそ真実はある

現在の私は次のように考えている。肉体的健康の透明な意識こそ、制作に必要なものであって、それがなければ、小説家は人間性の暗い深淵に下りてゆく勇気を持てないだろうと。

小説家は人間の心の井戸掘り人足のようなものである。井戸から上って来たときには、日光を浴びなければならぬ。体を動かし、思いきり新鮮な空気を呼吸しなければならぬ。

「文学とスポーツ」(「新体育」昭和31〈1956〉年10月)

肉体はわれわれの身を護り、もし精神の異常な影響がなければ、進んで危険へ赴くものではない。肉体はわれわれを病菌や怪我から護り、これらに一度冒されれば、抗毒素や痛みや発熱でもって、警戒と抵抗を怠らない。しかし精神は自ら進んで病気や危険に赴く場合があるのだ。というのは、精神は時としてその存在理由を示さねばならぬ必要から、危機を招いてみせる必要に迫られる場合があり、さもなければ、われわれの精神は頑強に、おのれの存在を信じようとしないかもしれないのである。

「アポロの杯」(「婦人公論」昭和27〈1952〉年7月)

「古橋はすばらしいですね、僕たちとても古橋を尊敬しているんですよ」

私は源氏物語の日本を尊敬しているなんぞとどこかの国のインテリに云われるより、他ならぬギリシアの子供にこう云われたことのほうをよほど嬉しく感じた。〔…〕こういう端的なスポーツの勝利が、いかに世界をおおって、世界の子供たちの心を動かすかに、私は併せて羨望を禁じえなかった。事実、われわれの精神の仕事も、もし人より一センチ高く飛ぶとか、一秒速く走るかとかいう問題をバカにすれば、殆《ほと》んどその存在理由を失うであろう。

「日本の株価——通じる日本語」（「改造臨時増刊「真実国民に達せず」」昭和28〈1953〉年3月）

オスカア・ワイルドの顰《ひそ》みに倣って、肉体の若さと精神の若さとが、或る種の植物の花と葉のように、決して同時にあらわれないものだと考える私は、青年における精神を、形成過程に在るものとして以外は、高く評価しないのである。肉体が衰えなくては、本当の精神は生まれて来ないのだ。

「空白の役割」（「新潮」昭和30〈1955〉年6月）

太宰〔治〕のもっていた性格的欠陥は、少くともその半分が、冷水摩擦や器械体操や規則的な生活で治される筈だった。生活で解決すべきことに芸術を煩わしてはならないのだ。いささか逆説を弄すると、治りたがらない病人などには本当の病人の資格がない。

「小説家の休暇」(講談社、昭和30〈1955〉年11月)

私は何度もダウンしながらカウント七ぐらいで立上る中西〔清明〕の凄愴な表情をつぶさに見ることができた。立上るとき彼は、見えない中空に何ものかを探すように、鋭い目であたりを見まわすのだった。彼の目に敵は見えなくなる。しかし敵は必ず存在するのだし、それもこの白い無情のリングの中で、彼を待ち構えていることは必定《ひつじょう》なのだ。だから彼は敵を探し出さねばならぬ。

渦巻きのような世界、目まいと苦痛と観客の歓呼とでギッシリ詰った固い世界、暗黒と光輝との交代する世界……この中に敵を、またしても自分に苦痛を与える相手を、必死に探し出そうとしている彼の目は、実に美しかった。こればかりは、舞台や映画では決して見ることのできないものだ。

「美しきもの」(「河北新報」他、昭和32〈1957〉年1月1日)

たとえ自殺や心中をしなくっても、自己破壊が青春の本質的衝動なのであるが、それは青春なるものが「肉体的状態」であるということをしか意味しない。こうした肉体的状態に突如として「永遠」を継木して、自分たちの清純な恋愛の永遠性を保証しようというのは、思えば無謀な論理であるが、こんな無謀な論理からしか、心中の美しさが生れないことも事実なのである。

「心中論」（「婦人公論」昭和33〈1958〉年3月）

剣道の、人を斬るという仮構は爽快なものだ。今は人殺しの風儀も地に落ちたが、昔は礼儀正しく人を斬ることができたのだ。人とエヘラエヘラ附合うことだけにエチケットがあって、人を斬ることにエチケットのない現代とは、思えば不安な時代である。

「ジムから道場へ――ペンは剣に通ず」（「中央公論臨時増刊「文芸特集号」」昭和34〈1959〉年1月）

ボクシングの美しさに魅せられると、ほかの大ていの美しさは、何だかニセモノめいて来る。それは錯覚にちがいないが、いい試合を見ているときは、たしかにそう感じる。

そして文明などというものが人間をダメにしてしまったことがしみじみわかるのである。

「ウソのない世界――ひきつける野性の魅力」（「朝日新聞」昭和38〈1963〉年12月8日）

明る日起す時刻を、厨房《ちゅうぼう》の黒板に書いておくのが私の習慣だが、快晴なら何時、曇りなら何時と二通り書いておき、快晴なら一時間早く起してもらって、日光浴をする。

これが家人には全く理解できない。日光浴は健康のためであろうが、寝不足は不健康のもとである。どうして寝不足を犯してまで、日光浴をするのであるか？

私に言わせれば、健康はもとより大切だが、健康に見えるということはもっと大切だから、そうするのである。これは私のみの倫理ではなく、あの「葉隠」の根本倫理である。

「週間日記」（「週刊新潮」昭和39〈1964〉年5月25日）

苦痛を引受けるのは、つねに肉体的勇気の役割であり、いわば肉体的勇気とは、死を理解して味わおうとする嗜慾《しよく》の源であり、それこそ死への認識能力の第一条件なのであった。書斎の哲学者が、いかに死を思いめぐらしても、死の認識能力の前提をなす肉体的勇気と縁がなければ、ついにその本質の片鱗をもつかむことがないだろう。

「太陽と鉄」(「批評」昭和40〈1965〉年11月～43〈1968〉年6月)

人間は、自分の内面を包むのに、礼儀正しくなければならない。文学者の内面はサンタンたる泥沼であって、そんな醜いものを人目にさらすべきではない。外形さえ健康な力に充ちていれば、それがすなわち「礼儀正しい私」の姿である。だから、たとえ裸であっても、私は礼儀正しいのである。

大体、健康であることより以上に大切なのは、健康に見えることである。

「無題(「フシギな男三島由紀夫」)」(「平凡パンチ」昭和41〈1966〉年8月1日)

現代文化における肉体の不在の意味は、肉体的精力の衰退ではなくて、肉体表象の普遍性の衰退なのである。展覧会で、手をあげて宙を睨《にら》んでいる青年の裸像に、「希望」とか「理想」とか名附けられているのを見れば、われわれはもう吹き出さずにはいられない。そこにあるのは、どこかから安く雇ってきたモデルの、個別的具体的な裸像のいささか芸術的な表現にすぎず、そこから普遍性と一般妥当性を類推するほど、われわれは肉体というものの精神的性格を信じてはいないのだ。肉体を透かしてイデアを透視するプラトニズムは、現代からは甚だ遠い哲学になった。

「青年像」（「芸術新潮」昭和42〈1967〉年2月）

自衛隊に一ヶ月半お世話になった私の心底にはこの気持があった。万一の場合、自分をいさぎよくするには、武の道に学ぶほかはないと考えたからであった。武の心持がなければ、人間は自分をいくらでも弱者と考えることができ、どんな卑怯未練な行動も自己弁護することができ、どんな要求にも身を屈することができる。その代り、最終的に身の安全は保証されよう。

「美しい死」（「平和を守るもの」田中書店、昭和42〈1967〉年8月）

われわれは心の死にやすい時代に生きている。しかも平均年齢は年々延びていき、ともすると日本には、〔大塩〕平八郎とは反対に、「心の死するを恐れず、ただただ身の死するを恐れる」という人が無数にふえていくことが想像される。肉体の延命は精神の延命と同一に論じられないのである。われわれの戦後民主主義が立脚している人命尊重のヒューマニズムは、ひたすら肉体の安全無事を主張して、魂や精神の生死を問わないのである。

「革命哲学としての陽明学」（「諸君！」昭和45〈1970〉年9月）

スポーツは行うことにつきる。身を起し、動き、汗をかき、力をつくすことにつきる。そのあとのシャワーの快さについて、かつてマンボ族が流行していたころ、「このシャワーの味はマンボ族も知らねえだろ」と誇らしげに言っていた拳闘選手の言葉を私は思い出す。この誇りは正当なもので、何の思想的な臭味もない。運動のあとのシャワーの味には、人生で一等必要なものが含まれている。どんな権力を握っても、どんな放蕩《ほうとう》を重ねても、このシャワーの味を知らない人は、人間の生きるよろこびを本当に知ったとはいえないであろう。

「実感的スポーツ論」（「読売新聞」夕刊、昭和39〈1964〉年10月5、6、9、10、12日）

ボデービルによる筋肉の発達は、二十歳前後の筋肉の旺盛な発達期に、骨もまだ発達をやめない時期にはじめてこそ、めざましい成果をあげるのであるが、三十代ではじめては、大きなハンディキャップを生ずることは否みがたい。それでも半年ほどするうちに、私は人前に出して恥ずかしくないほどの体になった自分の姿に、わが目を疑った。そして私の若き日の信念では、自意識と筋肉とは絶対の反対概念であったのに、今、極度の自意識が筋肉を育ててゆくこの奇蹟に目をみはった。これはアメリカ文化のもっとも偉大な発明の一つであり、また、アメリカ文化の逆説の象徴であった。

「実感的スポーツ論」（「読売新聞」夕刊、昭和39〈1964〉年10月5、6、9、10、12日）

この有名な傑作〈闘志〈円盤投げ〉〉については、今更喋々《ちょうちょう》するまでもあるまい。円盤投げの準備動作のそのままの写実のようだが、これほど青年の闘志が優雅に表現されたことはなかった。ゆたかな自信にあふれ、完璧なフォームを描きながら、眼も四《し》肢《し》もすべてが自分の投げようとする円盤に集中しているさまは、青年の闘志が自己放棄と結びついているときに最も美しいということを暗示している。この青年に、かくも優雅で美しい姿勢をとらせているものは、思想でもなければ夢でもない。一個の手ごたえのある円盤なのだ。この世界の中で、一個の目的ある円盤と、みごとな肉体とを、二つながら所有している青年の幸福は完全である。

「青年像」（「芸術新潮」昭和42〈1967〉年2月）

絶対者に到達することを夢みて、夢みて、夢みるけれども、それはロマンティークであって、そこに到達できない。その到達不可能なものが芸術であり、到達可能なものが行動であるというふうに考えると、ちゃんと文武両道にまとまるんです。

「三島由紀夫 最後の言葉」（古林尚《たかし》との対談、「図書新聞」昭和45〈1970〉年12月12日、46〈1971〉年1月1日）

精神を司るものは何か

バカという病気の厄介なところは、人間の知能と関係があるようでありながら、一概にそうともいいきれぬ点であります。いくら大学の銀時計組でも、生れついたバカはバカであって、これも死ななきゃ治らない。秀才バカというやつは、バカ病の中でも最も難症で、しかも世間にめずらしくありません。バカの一徳は可愛らしさにあるのに、秀才バカには可愛らしさというものがありません。

「不道徳教育講座」（「週刊明星」昭和33〈1958〉年7月27日〜34〈1959〉年11月29日）

利口であろうとすることも人生のワナなら、バカであろうとすることも人生のワナであります。そんな風に人間は「何かであろう」とすることなど、本当は出来るものではないらしい。

「不道徳教育講座」（「週刊明星」昭和33〈1958〉年7月27日〜34〈1959〉年11月29日）

さてワシントンの話に戻って、もし彼が、

「桜の木を伐ったのはボクじゃない」

とウソをつくとしましょう。すると、内心ボクは卑怯だという思いに責められるので、そのほうがよっぽどつらい。ワシントンは子供心に、ウソをついた場合のイヤな気持まで知っていたので、正直に白状したのかもしれません。大てい勇気ある行動というものは、別の或るものへの怖れから来ているもので、全然恐怖心のない人には、勇気の生れる余地がなくて、そういう人はただ無茶をやってのけるだけの話です。

「不道徳教育講座」（「週刊明星」昭和33〈1958〉年7月27日～34〈1959〉年11月29日）

しかしつらつらおもんみるに、人が私の失敗を笑う声をゆっくりきいておかなかった、ということは、人生に対して怠け者のすることです。私がもっと勤勉に人生勉強をする気なら、そんなときに自分の体面になんか構っているべきではありません。私の失敗を笑う人間の顔こそ、もっとも人間らしい、愛すべき笑い顔なのであるから。

「不道徳教育講座」（「週刊明星」昭和33〈1958〉年7月27日～34〈1959〉年11月29日）

カタツムリやカニなど、とるに足らないものへの恐怖は、他人のマネではなくて、全く自分だけの個性的な恐怖でありますから、むしろそこには自由の意識が秘められている。死や水爆や戦争に対する恐怖は、受動的な恐怖であって、こちらの自由を圧殺して来るおそろしい力に対する恐怖ですが、それに比べると、カニやクモや鼠や油虫に対するわれわれの恐怖は、むしろ積極的なものだ。われわれはそれらを、進んで怖がるのです。

「不道徳教育講座」（「週刊明星」昭和33〈1958〉年7月27日〜34〈1959〉年11月29日）

このあいだ吉田健一氏に、「お宅は子ども本位で実にいいな」と云ったら、彼は面白いことを云った。つまり子どもにわずらわされない最上の方法は、子ども本位にすることだ。子どもの心をよく考えてやり、子どもが悪くならないようにあらゆる方法を講じてやる。子どもを大事にしないと、子どもは騒いで親の仕事の邪魔をするし、最後には親に致命的打撃を与えることがある。親のエゴイズムから云っても、子どもは可愛いがるべし、というのだ。たしかにそれも一つの真理だと僕は感心した。

「作家と結婚」（「婦人公論」昭和33〈1958〉年7月）

作家あるいは詩人は、現代的状況について、それを分析するよりも、一つの象徴的構図の下に理解することが多い。それは多少夢の体験にも似ている。ところで犯罪者もこれに似て、かれらも作家に似た象徴的構図を心に抱き、あるいはそのオブセッションに悩まされている。ただ作家とちがうところは、かれらは、ある日突然、自分の中の象徴的構図を、何らの媒体なしに、現実の裡《うち》に実現してしまうのである。自分でもその意味を知ることもなしに。

「魔——現代的状況の象徴的構図」（「新潮」昭和36〈1961〉年7月）

私には、事態が最悪の状況に立ち至ったとき、人間に残されたものは想像力による抵抗だけであり、それこそは「最後の楽天主義」の英雄的根拠だと思われる。そのとき単なる希望も一つの行為になり、ついには実在となる。なぜなら、悔恨を勘定に入れる余地のない希望とは、人間精神の最後の自由の証左だからだ。磯部〔浅一〕の遺稿は、絶望を経過しない革命の末路にふさわしく、最後まで希望に溢れて、首尾一貫している。それこそは実践家の資格である。

「「道義的革命」の論理——磯部一等主計の遺稿について」（「文芸」昭和42〈1967〉年3月）

これはじつに簡単なことだ。

「（略）不仕合せの時草臥《くたぶ》るる者は、益《やく》に立たざるなり」（聞書第二）
人々は、けっしてしあわせのとき、くたびれない。

「葉隠入門」（光文社、昭和42〈1967〉年9月）

行動とは、自分のうちの力が一定の軌跡を描いて目的へ突進する姿であるから、それはあたかも疾走する鹿がいかに美しくても、鹿自体には何ら美が感じられないのと同じである。およそ美しいものには自分の美しさを感じる暇がないというのがほんとうのところであろう。自分の美しさが決して感じられない状況においてだけ、美がその本来の純粋な形をとるとも言える。

「行動学入門」（「ＰｏｃｋｅｔパンチＯｈ！」昭和44〈1969〉年9月～45〈1970〉年8月）

スポーツの訓練も戦闘訓練も訓練自体が反復であることには変りがなく、その緊張感がいつも最高度に保たれていなければならないことにも変りがない。いわば訓練は最高の緊張にいつも馴らして、それによって実際の緊張が起ったときの心のゆとりを保つための目的を持っている。

「行動学入門」（「PocketパンチOh!」昭和44〈1969〉年9月～45〈1970〉年8月）

大体人間は欲が深くて向上の欲望を持っていますから、幸福や恩は、現状維持や現状からの向上に関係していて、生命の方向と同じだから忘れやすく、不幸や怨みの思い出は現状の改悪の思い出であって、生命の流れに逆行するから、忘れられないのでしょう。

「不道徳教育講座」（「週刊明星」昭和33〈1958〉年7月27日～34〈1959〉年11月29日）

そこで林檎の中心で、果肉に閉じこめられた芯は、蒼白な闇に盲《めし》い、身を慄《ふる》わせて焦躁し、自分がまっとうな林檎であることを何とかわが目で確かめたいと望んでいる。林檎はたしかに存在している筈であるが、芯にとっては、まだその存在は不十分に思われ、言葉がそれを保証しないならば、目が保証する他はないと思っている。事実、芯にとって確実な存在様態とは、存在し、且、見ることなのだ。しかしこの矛盾を解決する方法は一つしかない。外からナイフが深く入れられて、林檎が割かれ、芯が光りの中に、すなわち半分に切られてころがった林檎の赤い表皮と同等に享《う》ける光りの中に、さらされることなのだ。そのとき、果して、林檎は一個の林檎として存在しつづけることができるだろうか。すでに切られた林檎の存在は断片に堕し、林檎の芯は、見るために存在を犠牲に供したのである。

「太陽と鉄」(「批評」昭和40〈1965〉年11月～43〈1968〉年6月)

想像力というものは、多くは不満から生れるものである。あるいは、退屈から生れるものである。

「若きサムライのための精神講話」(「ＰｏｃｋｅｔパンチＯｈ！」昭和44〈1969〉年5月)

われわれが思想と呼んでいるものは、事前に生れるのではなく、事後に生れるのである。まずそれは偶然と衝動によって犯した一つの行為の、弁護人として登場する。弁護人はその行為に意味と理論を与え、偶然を必然に、衝動を意志に置きかえる。思想は電信柱にぶつかった盲人の怪我を治しはしないが、少くとも怪我の原因を盲目のせいではなく電信柱のせいにする力をもっている。

「禁色」(「群像」昭和26〈1951〉年1～10月、「文学界」昭和27〈1952〉年8月～28〈1953〉年8月)

私は釣の経験をもたないが、釣の面白味がこの瞬間だけに在ることは想像がついていた。獲得の一歩手前、九分どおりの確実な希望、逃がすかもしれないという一分の危惧、手ごたえで測る魚の大きさ、あるいは目ざす魚でなくて下らない獲物かもしれないという危惧、……こういう快楽は、人間の発明した大抵の快楽の法則を網羅している。

「アポロの杯」（「群像」昭和27〈1952〉年4月）

『私は行為の一歩手前まで準備したんだ』と私は呟《つぶや》いた。『行為そのものは完全に夢みられ、私がその夢を完全に生きた以上、この上行為する必要があるだろうか。もはやそれは無駄事ではあるまいか。

柏木《かしわぎ》の言ったことはおそらく本当だ。世界を変えるのは行為ではなくて認識だと彼は言った。そしてぎりぎりまで行為を模倣しようとする認識もあるのだ。私の認識はこの種のものだった。そして行為を本当に無効にするのもこの種の認識なのだ。してみると私の永い周到な準備は、ひとえに、行為をしなくてもよいという最後の認識のためではなかったか。〔…〕』

「金閣寺」（「新潮」昭和31〈1956〉年1～10月）

ナルチスムスの昂進は、地上に嘗《かつ》てないほど孤独が繁殖してゆくのと正比例するようである。ナルチスムスの考察は孤独の考察に帰着するようである。

「招かれざる客」(「書評」昭和22〈1947〉年9月)

「刑務所には鏡がないんだ」と彼は語りだした。「もちろんそんなものは要らないんだが、出所が近くなると急に自分の顔が心配になるんだ。娑婆《しゃば》の人間に自分の顔がどう見えるか? つまり出所が近くなった受刑者は、自分の番号だけではなく、自分の顔がほしくなるんだ。〔…〕」

「獣の戯れ」(「週刊新潮」昭和36〈1961〉年6月12日〜9月4日)

天狗は人間とちがって空を自由に飛行《ひぎょう》することができる。こちらの峰からあちらの峰へ、月下に千里を飛ぶこともできる。しかもこの超自然的能力は、それ自体が幸福でなければならず、彼には何か、世間普通の幸福を味わう能力が欠けているのである。

これを裏から言えば、「自由自在」は羨むべき能力かも知れないが、本来市民的幸福には属さない。それは生活を快適にする能力ではなく、日常生活にとっては邪魔になるもので、むしろそれがあるために日常生活は円滑を欠くであろう。

「天狗道」（「文学界」昭和39〈1964〉年7月）

「〔…〕さびしさ、というのはね、絢子さん、今日急にここへ顔を出すというものではないのよ。ずうーっと前から用意されている、きっと潜伏期の大そう長い、癌みたいな病気なんだわ。そして一旦それが顔を出したら、もう手術ぐらいでは片附かないの。〔…〕」

「夜会服」（「マドモアゼル」昭和41〈1966〉年9月〜42〈1967〉年8月）

「信心なんて。裏切る心配のない見えない神様などを信じてもつまりませんわ。私一人をいつもじっと見つづけて、あれはいけない、これはいけない、とたえず手取り足取り指図して下さる神様でなければ。その前では何一つ隠し立てのできない、その前ではこちらも浄化されて、何一つ羞恥心を持つことさえ要らない、そういう神様でなければ、何になるでしょう」

「「豊饒の海」第三巻　暁の寺」（「新潮」昭和43〈1968〉年9月〜45〈1970〉年4月）

Ⅳ　芸術の罠

芸術には毒がある、ということはたぶん誰でも知っている。

しかし、芸術の毒の効き方に精通している人はそう多くはないだろう。そこらの物質的な毒と違って、芸術の毒は、摂取した人の気の持ちようで効き目が変わるという性質を持っている。

文学や芸術を愛する人にとっては、毒の効用をこの上なく的確に説明したこの三島由紀夫の文章は、間違いなく至言の宝庫である。拳々服膺《けんけんふくよう》し、読むだけでなく、ペンか筆を執って書き写して毒にあたるのがよろしい。

——と書くと、芸術を教養主義的な興味で捉えている人を鼻白ませることになる。芸術の毒を偏愛するのは自傷行為と同じで、高い芸術性を受け止め損ねるはずだというのである。人には自己防衛本能があるから、毒を摂取しても、毒の味覚を意識しなければ体外に排出してしまうのである。逆に過剰に反応して、「生活」を破壊してしまう人もいる。

三島の芸術論は、自己防衛する人には勇気を、自傷的な意識過剰の人には、自己を相対化する論理を差し出している。

では、当の三島は、芸術の毒をどう受け止めていたのか。三島は生来毒に強い素質を持ち、幼時から毒に慣れ親しんでいた。この二つのことによって、毒を快楽とする抜群の体質を保持していたと思われる。

文を綴り味わう者へ

一度女と寝てみたいと少年が夢みるように、一度小説というものを書いてみたいと、少年は空想する。書いてみる。小説は現実生活のようには容易に作者を大人にしてはくれない。そこで現実生活のほうで楽々と大人になる道を多くの人が撰択する。そうして生涯、結局彼は「大人」を演ずる、つまり「慣習」を演ずるだけの結果に終ることになりがちである。

「文学に於ける春のめざめ」(「女性改造」昭和26〈1951〉年4月)

引用文などというものは自分に都合のよいことか、弁駁《べんばく》するのに都合のよいことしか引用しないもので、世の引用文のまやかしは引用者のさもしさを人に見られないための仮面に役立つことである。

「戯曲を書きたがる小説書きのノート」(「日本演劇」昭和24〈1949〉年10月)

自己をめぐる無数の仮定的な実在(勿論自己の内面も含めて)を作品という決定的な実在に変容させる試みが芸術であるとすれば、それに先立ってまず、自我の分裂が必要とされる。即ち書く自我と書かれる自我と。作品の形成はこの書く自我と書かれる自我との闘争に他ならぬ。しかも書く自我の確立に伴って、書かれる自我は整理され再編成されるのである。青年の仕事はこの分裂の過程を写すものであるだけに、一生のうちで一番困難な仕事だと思われる。書く自我が確立される前に、書く自我と書かれる自我との分裂を書かねばならないのだから。

「川端康成論の一方法——「作品」について」（「近代文学」昭和24〈1949〉年1月）

なぜ自分が作家にならざるを得ないかをためしてみる最もよい方法は、作品以外のいろいろの実生活の分野で活動し、その結果どの活動分野でも自分がそこに合わないという事がはっきりしてから作家になってもおそくはない。

一面からいえば、いかに実生活の分野でたたかれきたえられてもどうしてもよごれる事のできないある一つの宝物、それが作家の本能、つまり詩人の本能とよばれるものである。

「作家を志す人々の為に」（「蛍雪時代」昭和25〈1950〉年9月）

文体をもたない批評は文体を批評する資格がなく、文体をもった批評は（小林秀雄氏のように）芸術作品になってしまう。なぜかというと文体をもつかぎり、批評は創造に無限に近づくからである。多くの批評家は、言葉の記録的機能を以て表現的機能を批評するという矛盾を平気で犯しているのである。もしひとたびこの矛盾に気づけば、批評家はおのれを語るために作品を犠牲にするか、おのれを捨てて作品の鑑賞に努力するか、いずれかの道しかない。

「批評家に小説がわかるか」（「中央公論文芸特集」昭和26〈1951〉年6月）

作品を書いて発表することが、すでに多少の滑稽な己惚《うぬぼ》れと、自分に対する計算違いがなければできないことで、もしもっと己惚れが強くなり、それと同時に、過去の自分に対する計算が正確になれば、上田秋成のように過去の作品をのこらず井戸に投じなければならないであろう。自分がいいと思わないものでも、誰かがいいと思ってくれるかもしれないという、抵抗しがたい甘えの誘惑があるから、私もここに十四篇を選ぶことができたのだ。

「あとがき（『三島由紀夫作品集』1〜6）」（『三島由紀夫作品集』5、新潮社、昭和29〈1954〉年1月）

せちがらい世の中だから無理もないと思うけれども、小説を書くということを一つの職業として、初めから功利の追求ばかり考えている人が割合に多い。だから芸術の分野でも、自分の純粋な欲望を充足させるために、ものを書くという本源的なものを見失っている人が多いんじゃないか。芸術なんか一番欲望の源泉に近いところから出て来たものでなければ人を打たないから、もし全然欲望を失った状態で世の中に出て来れば、どうしたって非常につまらないものになると思うんです。（談）

「欲望の充足について——幸福の心理学」（「新女苑」昭和30〈1955〉年2月）

それは最後に、読む人に向って「ノウ」と言います。読む人の自己弁護の読みかたに逆らって、最後の瞬間に「ノウ」と言うのであります。ほんとうに一流の書物のなかにはそういう「ノウ」という力が溢《あふ》れています。そしてその力は彼らを脅かし、彼らを今のぬくぬくとした状態から追いたて、飛びたたせるのであります。

「青春の倦怠《アンニュイ》」（「新女苑」昭和32〈1957〉年6月）

私の言葉は理性的に出てくるのではない。コンディションの良好なとき、気に入った対象すなわち好餌《こうじ》があらわれると、私は蜘蛛《くも》のようにその好餌に接近して、言葉の網でしゃにむにからめとろうとする。そういう狩猟に似た喜びの瞬間には、言葉は精力的に溢《あふ》れ出し、何か肉体的な力で言葉が動き出し、対象をつかまえて、舌なめずりし、その対象をできるかぎり丹念に隈《くま》なく、言葉で舐《な》めつくそうとするのだ。いささか薄気味わるい比喩だが、言葉が私の中から湧き出てくるときには、そういう感じがする。

「裸体と衣裳――日記」(「新潮」昭和33〈1958〉年4月〜34〈1959〉年9月)

鷗外の文章は非常におしゃれな人が、非常に贅沢な着物をいかにも無造作に着こなして、そのおしゃれを人に見せない、しかもよく見るとその無造作な普段着のように着こなされたものが、たいへん上等な結城《ゆうき》であったり、久留米絣《くるめがすり》であったりというような文章でありまして、駈け出しの人にはその味がわかりにくいのであります。

「文章読本」(「婦人公論付録」昭和34〈1959〉年1月)

形容詞は文章のうちで最も古びやすいものと言われています。なぜなら、形容詞は作家の感覚や個性と最も密着しているからであります。鷗外の文章が古びないのは形容詞が節約されているためでもあります。しかし形容詞は文学の華でもあり、青春でもありまして、豪華なはなやかな文体は形容詞を抜きにしては考えられません。

「文章読本」（「婦人公論付録」昭和34〈1959〉年1月）

文章の不思議は、大急ぎで書かれた文章がかならずしもスピードを感じさせず、非常にスピーディな文章と見えるものが、実は苦心惨憺の末に長い時間をかけて作られたものであることであります。問題は密度とスピードの関係であります。文章を早く書けば密度は粗くなり、読む側から言えばその文章のスピードは落ちて見えます。ゆっくり書けば当然文章は圧縮され、読む側から言えば文章のスピードが強く感じられます。

「文章読本」（「婦人公論付録」昭和34〈1959〉年1月）

文章というものは、どんなに理性的な論理的文章であっても、人をどこかで陶酔にさそうような作用をもっているものであります。われわれは哲学者の文章に酔うことすらできます。ただ酔いにもカストリの酔いや上等の酒の酔い、各種あるように、またスイートな酒からドライな酒までいろいろあるように、低級な読者は低級な酒に酔い、高級な読者は高級な酒に酔います。自分を酔わせてくれない文章が、人を酔わせることも十分あります。ただ文章にはアルコールのように万人を酔わせる共通の要素がないだけであります。

「文章読本」(「婦人公論付録」昭和34〈1959〉年1月)

一般読者が飜訳《ほんやく》文の文章を読む態度としては、わかりにくかったり、文章が下手であったりしたら、すぐ放《ほう》り出してしまうことが原作者への礼儀だろうと思われます。日本語として通じない文章を、ただ原文に忠実だという評判だけでがまんしいしい読むというようなおとなしい奴隷的態度は捨てなければなりません。

「文章読本」(「婦人公論付録」昭和34〈1959〉年1月)

私はブルジョア的嗜好《しこう》と言われるかもしれませんが、文章の最高の目標を、格調と気品に置いています。例えば、正確な文章でなくても、格調と気品がある文章を私は尊敬します。〔…〕日本語がますます雑多になり、雑駁《ざっぱく》になり、現代の風潮にしたがって与太者の言葉が紳士の言葉と混りあい、娼婦の言葉が令嬢の言葉と混りあうようなこの時代に、気品と格調ある文章を求めるのは時代錯誤かもしれませんが、しかし一言をもって言い難いこの文章上の気品とか格調とかいうことは、闇のなかに目がなれるにしたがって物がはっきり見えてくるように、かならずや後代の人の眼に見えるものとなることでありましょう。

「文章読本」(「婦人公論付録」昭和34〈1959〉年1月)

夏の朝日にギラギラ光っている魚市場の、なまぐさい活気を小説はわがものにすべきなのだ。そこで醜陋《しゅうろう》残虐、目をおおうばかりの悪趣味を展開する小説に、そろそろお目にかかってもいいころである。中間小説にはそんなのが出かかっているが、真の悪趣味を調理するにはむしろすぐれた文学の庖丁がいるのだ。

「発射塔」(「読売新聞」夕刊、昭和35〈1960〉年8月17日)

コムプレックスとは、作家が首吊りに使う踏台なのである。もう首は縄に通してある。踏台を蹴飛ばせば万事おわりだ。あるいは親切な人がそばにいて、踏台を引張ってやればおしまいだ。……作家が書きつづけるのは、生きつづけるのは、曲りなりにもこの踏台に足が乗っかっているからである。

「武田泰淳氏――僧侶であること」（『日本文学全集63武田泰淳集　月報』新潮社、昭和35〈1960〉年9月）

一度自分の味わった陶酔を人に伝えようとする努力は、奇妙に生理に逆行する、意気沮喪するような努力である。そして結局、自分は何も語らなかったのではないか、というような疑いに陥るのだ。私は自分の愛するこの二作品について、今以て、何一つ人に伝えることができなかったような気がしている。

「『花影』と『恋人たちの森』」（『新潮』昭和36〈1961〉年10月）

批評とは論理の千万言を費して、対象によって惹《ひ》き起される自分の感覚の我慢ならなさ加減を解説することだともいえよう。

「大岡さんの優雅」（『日本文学全集64大岡昇平集　月報』新潮社、昭和37〈1962〉年10月）

思いがけない場所で、思いがけない時に、一人の未知の青年が近づいてきて、口は微笑に歪《ゆが》め、顔は緊張のために蒼《あお》ざめ、自分の誠実さの証明の機会をのがさぬために、突如として、「あなたの文学はきらいです。大きらいです」と言うのに会うことがある。こういう文学上の刺客に会うのは、文学者の宿命のようなものだ。もちろん私はこんな青年を愛さない。こんな青臭さの全部をゆるさない。私は大人っぽく笑ってすりぬけるか、きこえないふりをするだろう。

「私の遍歴時代」（「東京新聞」夕刊、昭和38〈1963〉年1月10日〜5月23日）

もし小説家志望の少年に会ったら、私はまずこの全集の通読をすすめようと思う。文学の勉強というのは、とにかく古典を読むことに尽きるので、自国の古典に親しんだのち、この世界文学の古典に親しめば、鬼に金棒である。東西の古典を渉猟《しょうりょう》すれば、人間の問題はそこに全部すでに語り尽くされているのを知るだろう。ヘナヘナしたモダンな思いつきの独創性なんか、この鉄壁によってはねかえされてしまうのを知るだろう。その絶望からしか、現代の文学も亦《また》、はじまらぬことに気づくだろう。

「小説家志望の少年に（「世界古典文学全集」推薦文）」（「世界古典文学全集　内容見本」筑摩書房、昭和39〈1964〉年3月）

「浜松中納言物語」は正にそのような〔一部の人たちに愛される〕作品で、もし夢が現実に先行するものならば、われわれが現実と呼ぶもののほうが不確定であり、恒久不変の現実というものが存在しないならば、転生《てんしょう》のほうが自然である、と云った考え方で貫ぬかれている。それほど作者の目には、現実が稀薄に見えていたにちがいない。そして現実が稀薄に見えだすという体験は、いわば実存的な体験であって、われわれが一見荒唐無稽なこの物語に共感を抱くとすれば、正に、われわれも亦、確乎不動の現実に自足することのできない時代に生きていることを、自ら発見しているのである。

「夢と人生」(「日本古典文学大系77篁物語・平中物語・浜松中納言物語　月報」岩波書店、昭和39〈1964〉年5月)

小説の主題というのは、書き出す前も、書いている間も、実は作者にはよくわかっていない。主題は意図とは別であって、意図ならば、書き出す前にも、作者は得々としゃべることができる。そして意図どおりにならなくても傑作ができることがあり、意図どおりになっても意図だおれの失敗作になることがある。

主題はちがう。主題はまず仮定(容疑)から出発し、その正否は全く明らかでない。そしてこれを論理的に追いつめ、追いつめしてゆけば、最後に、主題がポカリと現前するのである。

「私の小説作法」（「毎日新聞」昭和39〈1964〉年5月10日）

小説とはつくづく厄介な仕事で、情感と理智がうまく融け合っていなければならない。それも情感五〇パーセント、理智五〇パーセントというのでは、釣合のよくとれた良識ある紳士にはなれても、小説家にはなれない。理想的には情感百パーセント、理智百パーセントほどの、普通人の二倍のヴォルテージを持った人間であるべきで、バルザックも、スタンダールも、ドストエフスキーも、そういう小説家であった。

「法学士と小説」（「学士会会報」昭和40〈1965〉年2月10日）

自分の書いた小説は、自分の作った料理みたいなもので、食欲もわかせてくれないし、味もわからない。人がおいしいといってくれるのだけがしあわせで、自分のおなかはちっともクチくならない。しかし小説のほうは、自分の書いたものを毎日自分で読んで中毒を起こす必要はなく、何もレストランへ行かなくても、自宅で、居ながらにして他人の作った料理、つまり、他人の書いた小説をたのしむことができる。そこへ行くと、年がら年中、自分の書いた小説を自分で読んで暮らすかの如き生活、すなわち、自分の作った料理を自分で食べている主婦の生活というものは、同情に値するのである。

「反貞女大学」(「産経新聞」昭和40〈1965〉年2月7日〜12月19日)

現在われわれの身のまわりにある、粗雑な、ゴミゴミした、無神経な、冗長な、甘い、フニャフニャした、下卑た、不透明な、文章の氾濫に、若い世代もいつかは愛想を尽かし、見るのもイヤになる時が来るにちがいない。人間の趣味《グウ》は、どんな人でも、必ず洗煉へ向って進むものだからだ。そのとき彼らは鷗外の美を再発見し、「カッコいい」とは正《まさ》しくこのことだと悟るにちがいない。

「解説(「日本の文学2森鷗外(一)」(「日本の文学2森鷗外(一)」中央公論社、昭和41〈1966〉年1月)

告白と自己防衛とはいつも微妙に嚙み合っているから、告白型の小説家を、傷つきにくい人間だなどと思いあやまってはならない。彼はなるほど印度《インド》の行者のように、自ら唇や頰に針を突きとおしてみせるかもしれないが、それは他人に委《まか》せておいたら、致命傷を与えられかねないことを知っているから、他人の加害を巧く先取しているにすぎないのだ。とりもなおさず身の安全のために！

「小説とは何か」(「波」昭和43〈1968〉年7月)

もともと小説の読者とは次のようなものであった。すなわち、人生経験が不十分で、しかも人生にガツガツしている、小心臆病な、感受性過度、緊張過度の、分裂性気質の青年たち。性的抑圧を理想主義に求める青年たち。あるいは、現実派である限りにおいて夢想的であり、夢想はすべて他人の供給に俟《ま》っている婦人層。ヒステリカルで、肉体嫌悪症の、しかし甚だ性的に鋭敏な女性たち。何が何だかわからない、自分のことばかり考えている、そして本に書いてあることはみんな自分と関係があると思い込む、関係妄想の少女たち。人に手紙を書くときには、自分のことを二三頁書いてからでなくては用件に進まない自我狂の少女たち。何となく含み笑いを口もとに絶やさない性的不満の中年女たち。結核患者。軽度の狂人。それから夥《おびただ》しい変態性慾者。……

……こんなことを言うと、人は、小説の読者を世にも不気味な集団のように想像するだろうが、実はそうではない。

「小説とは何か」(「波」昭和43〈1968〉年5月)

ものを書く私の手は、決してありのままの現実を掌握することがなかった。ありのままの現実は、どこか欠けているように思われ、欠けているままのその「存在の完全さ」は、私に対する侮辱であるように思われた。ものを書きはじめると同時に、私に鋭く痛みのように感じられたのは、言葉と現実との齟齬《そご》だったのである。

そこで私は現実のほうを修正することにした。幼時の私に、正確さへの欲求が欠けていたと言うよりも、むしろ正確さの基準が頑固に内部にあったというほうが当っている。私はベッドの寸法にあわせて宿泊者の足を切ってしまうという盗賊の話が好きだった。

「電灯のイデア――わが文学の揺籃《ようらん》期」（「新潮日本文学45三島由紀夫集　月報」新潮社、昭和43〈1968〉年9月）

濾過されて文学になる部分もあり、いくら濾過しても文学にならん部分もある。ドロ水を飲料水にするための濾過装置があるでしょう。濾過装置の中で、残ったドロと飲料水になる水とあるけど、残ったドロがいらないもので、捨てちゃっていいものかというと、ぼくはそうじゃない。それが現実なんだ。現実を避けることはできないね。

「ぼくは文学を水晶のお城だと考える――一人だけの記者会見」（「週刊言論」昭和44〈1969〉年8月13日）

われわれは小説なんかを読むことによって、自分一個の小さな矜《ほこ》りならばともかく、人間としての矜持を失いたくない。その矜持の根柢を突き崩してくれなどと、誰も小説家にたのんだおぼえはない。しかし或る種の不快な（すばらしい才能のある！）作家たちは、ひたすらこのような不快な作業に熱中して日を送っているのだ。それを考えるとわれわれは慄然とする。

今さらカタルシスの説を持ち出さずとも、或る種の小説は、たしかに浄化を目睹《もくと》してはいるが、その浄化がわれわれの信じている最終的な矜りを崩壊させることと引代えでなくては与えられぬように仕組まれている。そこに私は、小説の越権というようなものを感じるのである。

「小説とは何か」（「波」昭和45〈1970〉年3月）

表現の欲求と効用

「ぜいたくを言うもんじゃない」などと芸術家に向って言ってはならない。ぜいたくと無い物ねだりは芸術家の特性であって、それだけが芸術（革命）を生むと信じられている。

「不満と自己満足」（「今週の日本」昭和43〈1968〉年10月21日）

この居心地のわるさが多くの場合僕の作品の生れる契機となっている。僕は偶々《たまたま》口に入った異物に対する不快より先に、口に入れられた異物自身の不快を知っている。このことは却《かえ》って、ある時代に生きる人々の不幸を知るより先に、ある時代それ自身の持つ不幸を直感せしめる捷径《しょうけい》である。

「招かれざる客」（「書評」昭和22〈1947〉年9月）

堂々たる俳優論の妥当するような役者は、歌舞伎役者としての先天的な条件を欠いているのである。歌舞伎役者の才能は、分析されたり研究されたり説明されたりし得るものであっては嘘の筈である。他のものに言い直され得たり、飜案《ほんあん》され得たりする才能は、歌舞伎役者そのものの才能ではなくて、附随的な、第二次的なものである筈である。

「中村芝翫《しかん》論」(「季刊劇場」昭和24〈1949〉年2月)

彼らは忘れないために写真をとる。シャッタアが切られるのは何分の一秒かだ。その間だけ彼らは未来の追憶のために現在にじっと立止る。次の瞬間からかれらは又歩き出す。即ち人生を生きることに還って来るのである。

「高原ホテル」(「旅」昭和26〈1951〉年6月)

芸術家の才能には、理解力を減殺する或る生理作用がたえず働らいている必要があるように思われる。理解力の過多は、芸術家としての才能にどこかしら欠陥があるのである。しかし芸術家は掌の上の粘土については十全の理解をもたねばならない。ディレッタントは掌の上の粘土を愛してしまう。芸術家は愛するよりさきに精通せねばならぬ。

「批評家に小説がわかるか」(「中央公論文芸特集」昭和26〈1951〉年6月)

万葉集や王朝文学では、現世的なものが、文学的発想の中核にあるが、希臘《ギリシャ》劇のような現世の悲劇的肯定はどこにも見られず、美は多く、現世的な生活感情の情緒的な装飾であり、芸術の生活化よりずっと無害な「生活の芸術化」の一つの規範として、芸術が一種の師匠の役目を果たして来たのである。

「唯美主義と日本」（「読売新聞」昭和26〈1951〉年11月19日）

音楽というものは、人間精神の暗黒な深淵のふちのところで、戯れているもののように私には思われる。こういう怖ろしい戯れを生活の愉楽にかぞえ、音楽堂や美しい客間で、音楽に耳を傾けている人たちを見ると、私はそういう人たちの豪胆さにおどろかずにはいられない。こんな危険なものは、生活に接触させてはならないのだ。

「小説家の休暇」（講談社、昭和30〈1955〉年11月）

芝居の世界に住む人の、合言葉的生活感情は、あるときは卑屈な役者根性になり、あるときは観客に対する思い上った指導者意識になる。正反対のように見えるこの二つのものは、実は同じ根から生れたものである。

本当の玄人というものは、世間一般の言葉を使って、世間の人間と同じ顔をして、それでいて玄人なのである。それくらいの芝居ができなくて、役者といえるか？

「無題（「新劇」扉のことば）」（「新劇」昭和31〈1956〉年1月）

私はよく比喩として積木を持ち出すのだが立派な芸術は積木に似たような構造を持ち、積木を積みあげていくようなバランスをもって組立てられているけれども、それを作るときの作者の気持は、最後のひとつの木片を積み重ねるとたんにその積木細工は壊れてしまう、そういうところまで組立てていかなければ満足しない。積木が完全なバランスを保つところで積木をやめるような作者は、私には芸術家じゃないと思われる。世の教訓的な作家とかいわゆる健全な作家といわれている連中は積木を壊すことがイヤなのである。最後の一片を加えることによってみすみす積木が崩れることがわかっていながら、最後の木片をつけ加える。そして積木はガラガラと崩れてしまうのであるが、そういうふうな積木細工が芸術の建築術だと私は思う。

「わが魅せられたるもの」（「新女苑」昭和31〈1956〉年4月）

芸術とその享受者とのあいだには、大きな隠されたギャップがある。世間の人たちは自分たちの苦悩の体験を大切にし、その体験の純粋さを大切にする。しかし自ら語ろうとすると吃《ども》り、人と語り合おうとすれば、たとい相似た体験の持主を相手にしても、その表現の不十分と不純さゆえに、真の慰藉《いしゃ》が得られない。というのは、お互がお互の苦悩の体験を大切にし、肚《はら》の底ではお互の苦悩の大きさを競い合っており、要するに苦悩に於て敵同士になっているからである。かくて、こういう人たちが真に共感し、真に愛し、真に慰藉を与えられるのは、作家によって表現された苦悩、（制作過程においてきわめてあやしげな）、幸福感によってはぐくまれた苦悩を前にした時だけである。そのときかれらは、自分たちの苦悩にとっての最も卑劣な敵に身を売ったのだ。

「裸体と衣裳——日記」（「新潮」昭和33〈1958〉年4月〜34〈1959〉年9月）

私は書斎の一隅の椅子に眠っている猫を眺める。私はいつも猫のようでありたい。その運動の巧緻、機敏、無類の柔軟性、絶対の非妥協性と絶妙の媚態《びたい》、絶対の休息と目的にむかって駈け出すときのおそるべき精力、卑しさを物ともせぬ優雅と、優雅を物ともせぬ卑しさ、いつも卑怯であることを怖れない勇気、高貴であって野蛮、野性に対する絶対の誠実、完全な無関心、残忍で冷酷、……これらさまざまの猫の特性は、芸術家がそれをそのまま座右銘にして少しもおかしくない。

「裸体と衣裳――日記」（「新潮」昭和33〈1958〉年4月～34〈1959〉年9月）

私は大体において、実生活においても完全に「良い趣味《ボン・グウ》」を持している芸術家というやつは、眉唾物《まゆつばもの》だと思っています。実生活上の「良い趣味」というやつは、ゴルフ・クラブの会員たることや、カントリー・クラブやヨット・クラブの会員たることや、ブレイザ・コートや、立派なスポーツ・カアなどを含めて、世俗の悪事に泥んこになっている市民の紳士方に任せておけばよいのでしょう。

「「子供っぽい悪趣味」讃――知友交歓」（「美術手帖」昭和33〈1958〉年11月）

風俗は滑稽に見えたときおしまいであり、美は珍奇からはじまって滑稽で終る。つまり新鮮な美学の発展期には、人々はグロテスクな不快な印象を与えられますが、それが次第に一般化するにしたがって、平均的美の標準と見られ、古くなるにしたがって古ぼけた滑稽なものと見られて行きます。

「文章読本」（「婦人公論付録」昭和34〈1959〉年1月）

私がカメラを持たないのは、職業上の必要からである。カメラを持って歩くと、自分の目をなくしてしまう。自分の目をどこかへ落っことしてしまうのである。つまり自分の肉眼の使い道を忘れてしまう。カメラには、ある事実を記録してあとに残すという機能があるが、次第に本末顚倒して、あとに残すために、現在の瞬間を犠牲にしてしまうのである。

「社会料理三島亭」（「婦人倶楽部」昭和35〈1960〉年1〜12月）

生活を愛するとは、結局習慣を愛することに帰着するし、今年の九月某日にも、午後八時に同じレストランの同じテーブルで食事をするに決まっているというような事態を、愛することなのであろう。少なくとも西洋人の多くはそのような仕方で生活を愛しているし、多くの年中行事に縛られていた過去の日本人もそうだったのであろう。

それから見ると、私は本質的に、生活を愛していない。日本の文士の九〇パーセントと同じように、私もまた、本当は生活を愛していない。これは人間として怖るべき考えだが、同時に怠惰な考えでもある。

「今年のプラン」（「読売新聞」昭和35〈1960〉年1月3日）

予想されないもの、ただそこにむきだしに生起するものに対する観衆の熱狂は、ボクサー自身も勝敗を全く知らないという状況の、一つのはちきれそうな未知への不安が、たちまち確定されたことへの喜びに根ざしていた。演劇の「思いがけぬ効果」も、これと比べれば物の数ではない。しかし演劇の原始的な感動は、やはりこのようなものに発していたことは、疑う余地がない。演劇は、そういう生《なま》の、予想されない、野獣のような生起を、生け捕りにし、飼い馴らそうと試みたものであった。

「芸術断想」(「芸術生活」昭和38〈1963〉年8月〜39〈1964〉年5月)

何故観客席のわれわれは、安楽な椅子を宛《あてが》われ、薄闇の中で何もせずに坐っていればよく、すべての点で最上の待遇を受けているのにもかかわらず、どうしてこのように疲れ果て、つねに幾分不幸なのであろう。

私は妙な理論だが、こんなことを考える。つまり人生においても、劇場においても、観客席に坐るという人間の在り方には、何かパッシヴな、不自然なものがあるのである。示されるもの、見せられるものを見る、という状況には、何か忌わしいものがある。われわれの目、われわれの耳は、自己防衛と発見のためについているので、本来、お膳立てされたものを見且つ聴くようにはできていないのかもしれない。

「芸術断想」(「芸術生活」昭和38〈1963〉年8月〜39〈1964〉年5月)

芸術には必ず針がある。毒がある。この毒をのまずに、ミツだけを吸うことはできない。四方八方から可愛がられて、ぬくぬくと育てることができる芸術などは、この世に存在しない。諸君を北風の中へ引張り出して鍛えてやろうと思ったのに、ふたたび温室の中へはい込むのなら、私は残念ながら諸君とタモトを分つ他はないのである。

「文学座の諸君への「公開状」——「喜びの琴」の上演拒否について」(「朝日新聞」昭和38〈1963〉年11月27日)

本当に危険な作品は、感覚的な作品だ。どんな危険思想であっても、論理自体は社会的タブーを犯さぬのであって、サドのような非感覚的な作家の安全性はこの点にある。

「現代文学の三方向」(「展望」昭和40〈1965〉年1月)

私は事文化に関しては、あらゆる清掃、衛生という考えがきらいである。蠅のいないところで、おいしい料理が生まれるわけがない。

「「黒い雪」裁判」(「毎日新聞」夕刊、昭和42〈1967〉年7月22日)

芸術は、よかれあしかれ、露骨な顔をさらけ出している。それをつかまえて「お前は露骨だ」というのはいけない。要するに、国家権力が人間の顔のよしあしを判断することは遠慮すべきであるように、やはり芸術を判断するには遠慮がちであるべきである、というのが私の考えである。

「「黒い雪」裁判」(「毎日新聞」夕刊、昭和42〈1967〉年7月22日)

自分がこれは「美しい」と決める決心は、しかもそれを微妙な条件下に、瞬時に下す決心は、大げさにいえば、司令官が命令を下す決心と同じように、人間の全存在と結びついている。

「本物の写真家」(篠山紀信写真集「篠山紀信と28人のおんなたち 内容見本」毎日新聞社、昭和43〈1968〉年11月)

篠山紀信氏の女性美大系には、女の肢体が花文字のアルファベットのようにくりひろげられている。しかしエロティシズムが何らかの意味で所有欲に基づいているならば、こうしてとらえられ、写され、発表された女体《にょたい》は、何ものの所有に帰するのだろうか。それは肉体の美しさを、所有をあきらめた公共のものとし、彼女たちが恋人にさえ見せない或る瞬間の肉体の全身的表現を、万人のものとするのである。

「篠山紀信論」（篠山紀信写真集「篠山紀信と28人のおんなたち」毎日新聞社、昭和43〈1968〉年11月）

現実を停止させるには、アトラス以上のものすごい腕力が要る。或る所与の現実を写真に撮って停止させようというとき、写真家は両腕の力で地球の動きを止めてしまうのだ。そのとき、写真家は、現実の「決定的瞬間」に弥次馬《やじうま》として立会っているのではなくて、現実を「決定的瞬間」にするかせぬかを、すべて自分の決断に委《ゆだ》ねられているのだ。

「怪獣の私生活」（「NOW」昭和43〈1968〉年12月）

私はかつて民俗学を愛したが、徐々にこれから遠ざかった。そこにいいしれぬ不気味な不健全なものを嗅ぎ取ったからである。

しかしもともと不気味で不健全なものとは、芸術の原質であり又素材である。それは実は作品によって癒やされているのだ。それをわざわざ、民俗学や精神分析学は、病気のところへまでわれわれを連れ戻し、ぶり返させて見せてくれるのである。近代の世の中には、こういう種明しを喜ぶ観客が実に多い。

「日本文学小史」(「群像」昭和44〈1969〉年8月)

普通の世の中は、いま進歩主義の世の中ですから、「なんだあんなこと言う人は、昔の黄金時代ばかりを夢見て懐しがっている」と言いますけれど、私は歌舞伎というものは、いつでも昔が良かったもんだ、と思うんです。あらゆる時代で、昔の方が良かったから、歌舞伎というこの変な生命が続いているんです。

「悪の華——歌舞伎」(生前未発表、「新潮」昭和63〈1988〉年1月)

天才がただその作物《さくぶつ》によってのみ天才といわれるなら僕は明らかに天才でないだろう。天才がただ彼の夭折によってのみ天才といわれるなら、僕は尚天才ではないだろう。しかし天才はたしかにある。それは僕である。それは凡人のあずかりしれぬ苦悩に昼となく夜となく悩みつづける魂だ。それは生れ乍ら悲劇の子だ、それは神の私生児だ。

「わが愛する人々への果し状」（生前未発表、『決定版 三島由紀夫全集26』新潮社、平成15〈2003〉年1月）

いささかの誤解も生まないような芸術は、はじめから二流品である。

「川端康成読本序説」（『文芸読本 川端康成』河出書房新社、昭和37〈1962〉年12月）

「〔…〕生活と呼ぶに足るものには様式がなければならない。年中行事、しきたり、礼儀作法、言葉づかい、地名のもつ独特のニュアンス、（たとえば今、「築地明石町」という地名から、われわれは何の連想も抱かない）感情生活の一定不変の因果律、一定の社会的反応、……そういうもののなかから、突如として異常な情熱が、異常な意志が立上る。生活はその様式の触手でこれを包み隠そうとする。情熱は様式にさからって、情熱と様式の間に生ずる緊張が、様式をよみがえらせ、これを高める。それが演劇のもつ様式の意味なんだ。看客は生活を代表し、俳優は情熱を代表しなければならない」

「演劇の本質」（『演劇講座1』河出書房、昭和26〈1951〉年12月）

芸道とは何か？

それは「死」を以てはじめてなしうることを、生きながら成就する道である、といえよう。

これを裏から言うと、芸道とは、不死身の道であり、死なないですむ道であり、死なずにしかも「死」と同じ虚妄の力をふるって、現実を転覆させる道である。同時に、芸道には、「いくら本気になっても死なない」「本当に命を賭けた行為ではない」という後めたさ、卑しさが伴う筈である。現実世界に生きる生身の人間が、ある瞬間に達する崇高な人間の美しさの極致のようなものは、永久にフィクションである芸道には、決して到達することのできない境地である。

「団蔵・芸道・再軍備」（「20世紀」昭和41〈1966〉年9月）

芸能の本質は「決定的なことが繰り返され得る」というところにある。だからそれはウソなのである。先代幸四郎の一世一代の「勧進帳」といえども少なくともその月二十五回は繰り返された。

「行動学入門」（「ＰｏｃｋｅｔパンチＯｈ！」昭和44〈1969〉年9月〜45〈1970〉年8月）

「〔…〕表現という行為は、現実にまたがって、そいつに止《とど》めを刺し、その息の根を止める行為だ。そうしておいて、いつも表現は現実の遺産相続人になる。現実という奴は、それに動かされるものによって逆に動かされ、それに支配されるものによって逆に支配されている。〔…〕」

「禁色」(「群像」昭和26〈1951〉年1~10月、「文学界」昭和27〈1952〉年8月~28〈1953〉年8月)

「〔…〕表現だけが現実に現実らしさを与えることができるし、リアリティーは現実の中にはなく表現の中にだけある。現実は表現に比べればずっと抽象的だ。現実の世界には、人間、男、女、恋人同士、家庭、等々が雑居しているだけだ。表現の世界はこれに反して、人間性、男らしさ、女らしさ、恋人同士たるにふさわしい恋人同士、家庭をして家庭たらしめているもの、等々を代表している。表現は現実の核心をつかみ出すが現実に足をとられはしない。〔…〕」

「禁色」(「群像」昭和26〈1951〉年1~10月、「文学界」昭和27〈1952〉年8月~28〈1953〉年8月)

V 国家の檻

三島由紀夫はナショナリストで、戦前回帰的な志向を持ち、日本の再軍備を主張し、天皇を批判するほどの天皇主義者で、戦後民主主義に嫌悪感を抱いていたと思われているが、それは誤りではない。特に四十歳を越えてからは、そういう発言が顕著になる。

しかし、この章の文章を読むと、三島の政治的な発言が、ほとんど非政治的な立場からなされていることに気づくだろう。文化論でも、「クール・ジャパン」のような自己肯定的なナショナリズムに陥ってはいない。だから非政治的だと言うのではない。いくつかの文章が、現在の文化状況や政治状況を衝いているかのように見えてしまうところにも、その政治性は表れている。

三島の論法は、時代の状況から一歩身を引き、現代を相対化する歴史と、アナーキズムにも通じる人間性の極北を導入しているところに特徴がある。そういう遠近法を加えた言説は、読む人の心を動かす。

しかし、それが美化された高次の観念を基準にしているのであれば、それは、人々を挑発する政治的ロマン主義にはまり込んでしまう。ロマン主義に肝心なレトリックは、お手のものでもある。

批判するにせよ、肯定するにせよ、高次の視点が架空であるかどうか、そのリアリティの強度を測る批評的な眼力が必要とされる。

われら衆愚の政治

日本の政治を見ると、国内ではいろいろとゴテ政争に憂身をやつしているくせに、悲しいかな、国際政治の舞台で、胸のスッとするゴテ方を見せてくれた人は、戦後一人もいない。戦前では、松岡洋右が、国際連盟脱退という大ゴテ劇を演じたが、あれは軍部の力をたのんだグレン隊的ゴテ方にすぎなかった。

インドのネルーのゴテ方などは本職だ。インド人はこすっからくて、なかなか手のこんだゴテ方をする。ゴテておいて、自分の高潔さを宣伝し、大して力もないのに、ゴテることによって、或る力を確認する結果におわる。

「不道徳教育講座」(「週刊明星」昭和33〈1958〉年7月27日～34〈1959〉年11月29日)

胃痛のときにはじめて胃の存在が意識されると同様に、政治なんてものは、立派に動いていれば、存在を意識されるはずのものではなく、まして食卓の話題なんかになるべきものではない。政治家がちゃんと政治をしていれば、カジ屋はちゃんとカジ屋の仕事に専念していられるのである。現在、政治は民衆の胃痛になり、民衆の皮膚はアレルギーの症状を示し、異常に敏感なその皮膚は、何事もまず皮膚で感受しようとする。こういう状態こそ政治的危機である。

「一つの政治的意見」（「毎日新聞」昭和35〈1960〉年6月25日）

本当の現実主義者はみてくれのいい言葉などにとらわれない。たくましい現実主義者、夢想も抱かず絶望もしない立派な実際家、というような人物に私は投票したい。だれだって自分の家政を任せる人物を雇おうと思ったら、そうせずにはいられないだろう。

「一つの政治的意見」（「毎日新聞」昭和35〈1960〉年6月25日）

「〔…〕人間の政治、いつも未来を女の太腿のように猥褻にちらつかせ、夢や希望や『よりよいもの』への餌を、馬の鼻面に人参をぶらさげるやり方でぶらさげておき、未来の暗黒へ向って人々を鞭打《むちう》ちながら、自分は現在の薄明の中に止《とど》まろうとするあの政治、……あれをしばらく陶酔のうちに静止させなくてはいかん」

「美しい星」（「新潮」昭和37〈1962〉年1〜11月）

日本という国は、自発的な革命はやらない国である。革命の惨禍が避けがたいものならば、自分で手を下すより、外力のせいにしたほうがよい。今度の文学座の分裂事件は、明治維新の如く、外力による幸せな革命であった、というのが私の意見だ。さて、この復興には時間がかかる。ところが、復興という奴が、又日本人の十八番なのである。どうも日本人は、改革の情熱よりも、復興の情熱に適しているところがある。

「幸せな革命」（「文学座通信」昭和38〈1963〉年2月）

一説によると私は「危険な思想家」だそうである。名前だけきくとカッコいいようだが、そういう説をなす人の気持は、体制側の思想家という意味で、政府御用達の思想家というほどの呼称であろう。日本における危険の中心は政府であり、どんな思想家の危険性だって、権力の危険性に及ぶ筈はなく、いわばその危険性の戯画にすぎぬであろう。

「危険な芸術家」（「文学界」昭和41〈1966〉年2月）

一度私はこの旧友（堂本正樹氏）に向って、君の政治に関する意見をきいたことがないが、教えてくれと尋ねたことがある。彼は莞爾《かんじ》として、「僕にはそんなものはありませんね。森羅万象、官能的に溶解してしまうから」と答えた。これはそれ自身みごとな政治思想である。ルッソオの思想における「自然」とはこのようなものであったかも知れず、それがそのまま革命の原動力になったのである。

大切なことは、何に賭けるか、何に重点を置くか、ということだ。

「堂本正樹氏のこと」（「アートシアター新宿文化プログラム」昭和41〈1966〉年8月）

日本はふしぎに近代史を見ても、青年の意見がおそれられるのは動乱の時代であり、しばらく平和な時代が続くと青年の意見は無視されるようになる。〔…〕近代史において、青年の意見がそのまま国の根幹をゆるがし、かつ国の形成に役立ったのは、明治維新をおいてほかにはない。

「葉隠入門」（光文社、昭和42〈1967〉年9月）

文化を全体的に容認する政体は可能かという問題は、ほとんど、エロティシズムを全体的に容認する政体は可能かという問題に接近している。

「文化防衛論」（「中央公論」昭和43〈1968〉年7月）

政治行為は、あくまで結果責任によって評価されるから、たとえ動機が私利私欲であっても、結果がすばらしければ政治家として許される。また、動機がいかに純粋であっても、結果が見るもおそろしいものになった場合に、その責任はみずからが取らなければならない。

現在の政治的状況は、芸術の無責任さを政治へ導入し、人生すべてがフィクションに化し、社会すべてが劇場に化し、民衆すべてがテレビの観客に化し、その上で行われることが最終的には芸術の政治化であって、真のファクトの厳粛さ、責任の厳粛さに到達しないというところにあると言えよう。

「若きサムライのための精神講話」（「ＰｏｃｋｅｔパンチＯｈ！」昭和44〈１９６９〉年5月）

政治への熱狂と、芝居への熱狂はひょっとすると、同じものではないだろうか。それはいずれも、幻への熱狂ではないだろうか。現にここにあるものを否定して、ここにある筈のないものを、今ここにあるかのように信じて、それに酔うという熱狂は。

「「黒蜥蜴《くろとかげ》」について（「『黒蜥蜴』の舞台稽古……」）」（「婦人画報」昭和43〈１９６８〉年6月）

現代政治の特徴は何事も世論のフィルターを濾過されねばならぬことであろうが、そのフィルターにくっついた煤《すす》の煤払いをしなければ世論自体が意味をなさぬ。かくも強力なフィルターが、煤のおかげで、ひたすら被害者、被圧迫者を装って、フィルターの濾過を拒んでいるような状況は、不健全であるのみならず、フィルターの権威を落すものであると考えられる。

「フィルターのすす払い——日本文化会議発足に寄せて」(「読売新聞」夕刊、昭和43〈1968〉年6月18日)

本当のところ、人間性と政治秩序との間の妥協こそが民主主義の本質なのである。しかも、民主主義は、他のあらゆる政治体制と同様、人間性の味方ではなくて、人間性に対応する政治悪の最小限な必要悪としての表現なのである。何故ならば、人間性の見地に立った時、あらゆる政治体制は悪でなければならないことは、なにもアナーキズムの主張を俟《ま》つまでもない。また政治体制の見地から見た時は、人間性の抑圧は当然であって、人間性の無制限な解放は必らず政治体制の破壊と秩序の破壊に帰することは自明である。

「自由と権力の状況」(「自由」昭和43〈1968〉年11月)

もし政治が人間性の敵であるならば、どうして人間を保護するのであろうか。ということは、「人間」を「人間性」の危険から守るために宗教が起り人間性に含まれる自然の脅威から人間を守るために反自然的なキリスト教が発明され、かつ宗教の欠点を矯正するために政教分離が起り、政治が宗教の一部を受け持って、人間を人間性から保護するために秩序維持の義務、ないし使命を負うたのである。

「自由と権力の状況」（「自由」昭和43〈1968〉年11月）

機動隊導入を彼ら〔学生運動を行うグループ〕がいつも要求する。要求するというよりは、機動隊導入によって権力と正面衝突するという作戦をいつもとりたがるのは、それによって権力から権力の本質を引き出し、その弾圧の根拠を国民の目の前にむきだしにさせて、それと闘っているという自分たちの正当性の根拠を示すための世論操作の意味が深くあるわけである。

「行動学入門」（「ＰｏｃｋｅｔパンチＯｈ！」昭和44〈1969〉年9月～45〈1970〉年8月）

ところで自由世界の未来の国家像は、ますます統治国家がその統治機能を、自治体、民間団体、企業等へ移譲し、国家自身は管理国家としてマネージメントのみに専念し、言論やセックスの自由は最大限に容認し、いわばもっとも稀薄な国家がもっとも良い国家と呼ばれることになろう。そこでは時間的連続性は問題にされず、通信連絡、情報、交易の世界化国際化による空間的ひろがりが重んじられる。

「「変革の思想」とは――道理の実現」（「読売新聞」夕刊、昭和45〈1970〉年1月19、21、22日）

同志的結合とは、自分の同志が目の前で死んでも、その死骸に縋《すが》って泣くことではなく、彼は自分の知らない他人であると、法廷でさえ証言できることでなければならない。

「同志の心情と非情――同志感と団結心の最後的表象の考察」（「潮」昭和45〈1970〉年1月）

（談）

私は政治のダイナミズムとは、政治的権威と道徳的権威の闘争だと考える者です。これは力と道理の闘争だと考えてもよいでしょう。この二つはめったに一致することがないから相争うのだし、争った結果は後者の敗北に決っていますが、歴史が永い歳月をかけてその勝敗を逆転させるのだ、と信ずる者です。

「士道について——石原慎太郎氏への公開状」（「毎日新聞」夕刊、昭和45〈1970〉年6月11日）

政治行動で金が必要なことはいうまでもないが、六〇年闘争以後、全学連各セクトが政治資金の問題において、かなり鷹揚《おうよう》な態度を示しだしたことが注目される。明治維新の志士的な心情では、金はどこからもらってもよく、大義のための行動は自分がきめるといういいわけが成り立った。しかし、近代資本主義社会の権力構造のなかで、唯一のモラルを保証するものは金でしかない。そしてこの金の冷厳な性格にめざめるには、学生たちは若すぎたのである。（談）

「同志の心情と非情——同志感と団結心の最後的表象の考察」（「潮」昭和45〈1970〉年1月）

あの戦争が見せた風景

もともと戦争が美化されたのは、それを醜いと知っていても、戦争が必要だったから、美化せざるをえなかった点もあるでしょう。今では戦争は必要でないから、美化されるおそれがないかといえば、ろうそくの必要がなくなっても、われわれはろうそくの光りでディナーをとることを好むのです。

「反貞女大学」（「産経新聞」昭和40〈1965〉年2月7日〜12月19日）

七月末の、しんとした暑い日のことである。〔…〕窓の下から、こんな対話がきこえた。

「戦争はもうおしまいだって」
「へーえ」
「アメリカが無条件降伏をしたんだって」
「へえ、じゃ日本が勝ったんだな」

この対話は実に無感動で、縁台将棋の品評をやっているようであった。

……私は何だか、急激に地下へ落っこちたような、ふしぎな感覚を経験した。

目の前には夏野がある。遠くに兵舎が見える。森の上方には、しんとした夏雲がわいている。

……もし本当にいま戦争がおわっていたら、こんな風景も突然意味を変え、どこがどう変るというのではないが、我々のかつて経験したことのない世界の夏野になり森になり雲になる。私は、何かもうちょっとで手に触れそうに思える別の感覚世界を、その瞬間、かいま見たような気がしたのである。「本当かね」と私がいった。

「八月十五日前後」（「毎日新聞」昭和30〈1955〉年8月14日）

この時、最初の特攻隊が比島に向って出撃した。我々は近代的悲壮趣味の氾濫を巷に見、あるいは楽天的な神話引用の讃美を街頭に聞いた。我々が逸速《いちはや》く直覚し祈ったものは何であったか。我々には彼等の勲功を讃美する代りに、彼等と共に祈願する術《すべ》しか知らなかった。彼等を対象とする代りに、彼等の傍に立とうとのみ努めた。真の同時代人たるものの、それは権利であると思われた。

「昭和廿年八月の記念に」（生前未発表、昭和20〈1945〉年8月19日執筆、「新潮」昭和54〈1979〉年3月）

殿下は、一方日本の風土から生じ、一方敗戦国の国際的地位から生ずる幾多の虚偽と必要悪とに目ざめつつ、それらを併呑《へいどん》して動じない強さを持たれることを、宿命となさったのである。偽悪者たることは易しく、反抗者たり否定者たることはむしろたやすいが、あらゆる外面的内面的要求に飜弄《ほんろう》されず、自身のもっとも蔑視するものに万全を尽くすことは、人間として無意味なことではない。「最高の偽善者」とはそういうことであり、物事が決して簡単につまらなくなったりしてしまわない人のことである。

「最高の偽善者として――皇太子殿下への手紙」（「婦人公論」昭和27〈１９５２〉年12月）

われわれの原子爆弾に対する恐怖には、われわれの世界像の拡大と単一化が、あずかって力あるのだ。原爆の国連管理がやかましくいわれているが、国連を生んだ思想は、同時に原子爆弾を生まざるをえず、世界国家の理想と原爆に対する恐怖とは、互いに力を貸し合っているのである。

「死の分量」（「時事新報」昭和28〈１９５３〉年9月25日）

しかし歴史を冷静にながめると、人間は、その世界像の広がりに応ずる科学的破壊力を順々に発明してきたのである。大砲の発明は印刷術の発明と手をたずさえており、印刷術の普及による世界像の拡大は、またその拡大された世界に応ずる破壊力を生み出している。今日、交通通信の発達による世界像の最終的拡大は、ついに地球の表面積と正確に一致し、それは必然的に、全世界を終末に導く破壊力を発明させずにはおかない。かくて水爆弾頭の大陸間誘導弾と、国際連合の思想とは、表裏一体となっているともいえる。

「終末観と文学」(「毎日新聞」夕刊、昭和37〈1962〉年1月4日)

オリンピックがすんで、虚脱状態に陥った人はずいぶん多い。

考えてみれば、日本が世界の近代史へ乗り出してからほぼ百年、たびたびの提灯行列はあり、いわゆる国民的昂奮は、戦争に際して何度か味わったわけだが、こんなにひたすら平和な、しかも思いきり贅沢に金をかけたお祭が、二週間もつづいたことはかつてなかった。しかもそれは「安全な戦争」「血の流れない戦争」「きれいな戦争」の要素を持っていて、みんなが安心して「戦争」をたのしみ、「日本の勝利」をたのしむことができた。

「秋冬随筆」(「こうさい」昭和39〈1964〉年10月〜40〈1965〉年3月)

このオリンピックで、思えば、かつての戦争中、「贅沢は敵だ」と云われていた逆を行き、林房雄氏の愉快な格言「贅沢は素敵だ」を地で行って、全国民が浪費のたのしみを知った。人から施しをもらうのではなく、思い切り金をかけて、人を招き、自ら主人役となり、うれしい気づかいをし、そしてそれが成功した喜びを知った。

「秋冬随筆」(「こうさい」昭和39〈1964〉年10月〜40〈1965〉年3月)

ある若い候補生が私にこう聞いたことがあります。「私たちに〝戦争待望心理〟というものがあるという人があるがどうでしょうか」と。私は答えました。「消防隊員が火事を待望するのはあたりまえじゃないか。火事がなければ、どうして火消しがウデを見せることができるんだ。〝備える〟ということと〝待つ〟ということは、人間の心理のウラ表である。〝待つ〟という気持がなければ〝備える〟気持もないだろう。〔…〕」とね。

「三島帰郷兵に26の質問」(「サンデー毎日」昭和42〈1967〉年6月11日)

すぎし戦時のことを考えると私は少年だったから、何ら社会的責任もなく、そのとき「一国一城の主《あるじ》」たちの受けた幾多の被害の話をあとから聞いても「そんなものかなあ」と思うだけであるが、同じ無責任な立場で当時の文化界のことを研究すると、時代からの流され方が、何だかあんまりだらしがなかったような気がする。だらしがなかったのならそれでもよいが、戦後の変節の早さ、かりにも「一国一城の主」が、女みたいに「私はだまされていた」と言い出すのを見ては、私はいわゆる文化人知識人の性根を見たような気がしたのである。

「フィルターのすす払い――日本文化会議発足に寄せて」(「読売新聞」夕刊、昭和43〈1968〉年6月18日)

すべての戦争は自衛の戦争の形態をとり、帝国主義戦争、領土侵略戦争、植民地戦争という外観はできるだけ避けられるようになった。自衛の戦争という観念自体に、「やむを得ず」という観念が含まれる。「いやいやながら」という考えが含まれる。いやいやながらという気持は複雑であって、その気の進まなさには、一面好奇心や欲望が隠されている。われわれは気の進まない行動をするときに、どこまでほんとうに気が進まないのか疑問なのである。

「行動学入門」（「ＰｏｃｋｅｔパンチＯｈ！」昭和44〈１９６９〉年9月～45〈１９７０〉年8月）

あの戦争についての書物は沢山書かれているが、証人は次第に減り、しかも特異な体験だけが耳目に触れるから、今の若い人たちは戦時中の生活について、暗い固定観念の虜《とりこ》になりがちである。そこにも平凡な人間の生活があり、平凡な悲喜哀歓があり、日常性があり、静けさがあり、夢さえあったということは忘られがちである。たとえば私がクラヴサンの音色を、戦争中の演奏会におけるほど美しく聴いたことは、後にも先にもないのである。

「序（東《あずま》文彦作品集）」（「東文彦作品集」講談社、昭和46〈１９７１〉年3月）

戦争がわれわれに妙に感傷的な成長の仕方を教えた。それは廿代で人生を断ち切って考えることだった。それから先は一切考えないことだった。人生というものがふしぎに身軽なものにわれわれには思われた。

「仮面の告白」（河出書房、昭和24〈１９４９〉年7月）

それが時代の壁であるか、社会の壁であるかわからない。いずれにしろ、彼らの少年期にはこんな壁はすっかり瓦解して、明るい外光のうちに、どこまでも瓦礫《がれき》がつづいていたのである。日は瓦礫の地平線から昇り、そこへ沈んだ。ガラス瓶のかけらをかがやかせる日毎の日の出は、おちちらばった無数の断片に美を与えた。この世界が瓦礫と断片から成立っていると信じられたあの無限に快活な、無限に自由な少年期は消えてしまった。今ただ一つたしかなことは、巨きな壁があり、その壁に鼻を突きつけて、四人が立っているということなのである。

「鏡子の家」〈新潮社、昭和34〈1959〉年9月〉

日本人の魂の在処

おそろしいほどの喪失感。……それが春であり、それが桜であり、それが日本の詩であるとすれば、私はおそろしい国に生れて来てしまったものだと思った。

「月々の心」（「婦人画報」昭和44〈1969〉年1～12月）

日本の芸術家はかつて方法に頼らなかった。かれらの考えた美は普遍的なものではなく一回的（einmalig）なものであり、その結果が動かしがたいものである点では西欧の美と変りがないが、その結果を生み出す努力は、方法的であるよりは行動的である。つまり執拗な直感の鍛錬と、そのたえざる試みとがすべてである。各々の行動だけがとらえることのできる美は、敷衍《ふえん》されえない。抽象化されえない。日本の美は、おそらくもっとも具体的な或るものである。

「アポロの杯」（「芸術新潮」昭和27〈1952〉年7月）

希臘《ギリシャ》人は美の不死を信じた。かれらは完全な人体の美を石に刻んだ。日本人は美の不死を信じたかどうか疑問である。かれらは具体的な美が、肉体のように滅びる日を慮《おもんぱか》って、いつも死の空寂の形象を真似たのである。石庭の不均斉の美は、死そのものの不死を暗示しているように思われる。

「アポロの杯」（「芸術新潮」昭和27〈1952〉年7月）

ただ一つたしかなことは、現代日本の文化が、未曾有の実験にさらされているということである。小さいなりに、一つの国家が、これほど多様な異質の文化を、紛然雑然と同居せしめた例も稀であるが、人が気がつかないもう一つの特徴は、「日本文化にとって真に異質と云えるものがあるか」という問題に懸っている。日本文化は本質的に、彼自ら、こうした異質性を欠いているのではないか。

「小説家の休暇」（講談社、昭和30〈1955〉年11月）

世界がせばめられ、しかも思想が対立している現代で、世界精神の一つの試験的なモデルが日本文化の裡《うち》に作られつつある、と云っても誇張ではない。指導的な精神を性急に求めなければこの多様さそのものが、一つの広汎な精神に造型されるかもしれないのだ。古きものを保存し、新らしいものを細大洩らさず包摂し、多くの矛盾に平然と耐え、誇張に陥らず、いかなる宗教的絶対性にも身を委《ゆだ》ねず、かかる文化の多神教的状態に身を置いて、平衡を失しない限り、それがそのまま、一個の世界精神を生み出すかもしれないのだ。

「小説家の休暇」（講談社、昭和30〈1955〉年11月）

典座《てんぞ》にはもちろんガスもなく、朝の洗面の水もツルべで上げる。こういうことは殊更現代文明に白眼をむいているようにも見えるが、そうではない。ガスを引かぬこと、ツルべで水をくみ上げること、そういうことは皆、思想の要請なのである。現代人は思想というものを、ここまで徹底させる能力を失って、思想といえば、活字の中にしかないものだと思っている。もしガスを引き、タイル張りのガス風呂を置けば、思想の一角は崩れ、あらゆる妥協が、精神生活をも犯さずにはいないということを、われわれは忘れている。

さて、話にきくと、ある地方の、収入のよい禅寺に、電気洗濯機を置いている寺があるということである。電気洗濯機を置いた禅寺とは、もはや禅寺ではないのだ。

「電気洗濯機の問題」（「花園」昭和31〈1956〉年1月）

神島は忘れがたい島である。のちに映画のロケーションに行った人も、この島を大そう懐しんでいる。人情は素朴で強情で、なかなかプライドが強くて、都会を軽蔑しているところが気に入った。地方へ行って、地方的劣等感に会うほどイヤなものはない。

「「潮騒」のこと」（「婦人公論」昭和31〈1956〉年9月）

影山　ごらん。好い歳をした連中が、腹の中では莫迦《ばか》々々しさを噛みしめながら、だんだん踊ってこちらへやって来る。鹿鳴館。こういう欺瞞が日本人をだんだん賢くして行くんだからな。

朝子　一寸の我慢でございますね。いつわりの微笑も、いつわりの夜会も、そんなに永つづきはいたしません。

影山　隠すのだ。たぶらかすのだ。外国人たちを、世界中を。

朝子　世界にもこんないつわりの、恥知らずのワルツはありますまい。

影山　だが私は一生こいつを踊りつづけるつもりだよ。

「鹿鳴館」（「文学界」昭和31〈1956〉年12月）

日本文化とは何かという問題に対しては、終戦後は外務官僚や文化官僚の手によってまことに的確な答が与えられた。それは占領政策に従って、「菊と刀」の永遠の連環を絶つことだった。平和愛好国民の、華道や茶道の心やさしい文化は、威嚇的でない、しかし大胆な模様化を敢《あえ》てする建築文化は、日本文化を代表するものになった。

そこには次のような、文化の水利政策がとられていた。すなわち、文化を生む生命の源泉とその連続性を、種々の法律や政策でダムに押し込め、これを発電や灌漑にだけ有効なものとし、その氾濫を封じることだった。すなわち「菊と刀」の連環を絶ち切って、市民道徳の形成に有効な部分だけを活用し、有害な部分を抑圧することだった。

「文化防衛論」(「中央公論」昭和43〈1968〉年7月)

一つの文化が、最高の洗煉によって、純粋表現の極致にいたるときに、そこには表現から見捨てられたものが山と堆積する。〔…〕

〔…〕いつかは必ず、この表現から見捨てられたものが復讐して、洗煉の極致に達した文化の蒼《あお》ざめた顔に、自分の屍臭に充ちた血みどろの顔を、グイと押しつけるのである。壇之浦の戦とは、こういう文化が人間的実相に直面する宿命の表現だった。そのとき文化はもう息もできない。

「変質した優雅」（「風景」昭和38〈1963〉年7月）

その〔剣道の〕かけ声が私は心から好きになった。これはどういう変化だろう。思うに、それは私が自分の精神の奥底にある「日本」の叫びを、自らみとめ、自らゆるすようになったからだと思われる。この叫びには近代日本が自ら恥じ、必死に押し隠そうとしているものが、あけすけに露呈されている。それはもっとも暗い記憶と結びつき、流された鮮血と結びつき、日本の過去のもっとも正直な記憶に源している。それは皮相な近代化の底にもひそんで流れているところの、民族の深層意識の叫びである。このような怪物的日本は、鎖につながれ、久しく餌を与えられず、衰えて呻吟しているが、今なお剣道の道場においてだけ、われわれの口を借りて叫ぶのである。

「実感的スポーツ論」（「読売新聞」夕刊、昭和39〈1964〉年10月5、6、9、10、12日）

〔東京オリンピックの〕閉会式は開会式の壮麗さにまさるとも劣らない、すばらしい人間的な祭典であった。同時に、日本人の精神風土にかつて見られなかった「別れもたのし」の祭典になったのである。演出者の意図を越えたところで、それはもっともいきなフィナーレになった。

〔…〕

しかし何といっても、閉会式のハイライトは、各国旗手の整然たる入場のあとから、突然堰《せき》を切ったように、スクラムを組んでなだれ込んできた選手団の入場の瞬間だ。開会式のような厳粛な秩序を期待していた観衆の前に、（旗手の行進のおごそかさは十分その期待にこたえていただけに）突然、予想外の効果をもって、各国の選手が腕を組み一団となってかけ込んできたときのその無秩序の美しさは比べるものはなかった。

（「別れもたのし」の祭典——閉会式」〈「報知新聞」昭和39〈1964〉年10月25日）

「武」とは花と散ることであり、「文」とは不朽の花を育てることだ、と。そして不朽の花とはすなわち造花である。

かくて「文武両道」とは、散る花と散らぬ花とを兼ねることであり、人間性の最も相反する二つの欲求、およびその欲求の実現の二つの夢を、一身に兼ねることであった。

（「太陽と鉄」〈「批評」昭和40〈1965〉年11月～43〈1968〉年6月）

私は十一世紀に源氏物語のような小説が書かれたことを、日本人として誇りに思う。中世の能楽を誇りに思う。それから武士道のもっとも純粋な部分を誇りに思う。日露戦争当時の日本軍人の高潔な心情と、今次大戦の特攻隊を誇りに思う。すべて日本人の繊細優美な感受性と、勇敢な気性との、たぐい稀な結合を誇りに思う。この相反する二つのものが、かくもみごとに一つの人格に結合された民族は稀である。……

しかし、右のような選択は、あくまで私個人の選択であって、日本人の誇りの内容が命令され、統一され、押しつけられることを私は好まない。実のところ、一国の文化の特質というものは、最善の部分にも最悪の部分にも、同じ割合であらわれるものであって、犯罪その他の暗黒面においてすら、この繊細な感受性と勇敢な気性との結合が、往々にして見られるのだ。

「日本人の誇り」(「朝日新聞」昭和41〈1966〉年1月1日)

武士道の道徳が外面を重んじたことは、戦闘者、戦士の道徳として当然のことである。なぜなら戦士にとっては、つねに敵が予想されているからである。戦士は敵の目から恥ずかしく思われないか、敵の目から卑しく思われないかというところに、自分の体面とモラルのすべてをかけるほかはない。自己の良心は敵の中にこそあるのである。

「葉隠入門」（光文社、昭和42〈1967〉年9月）

日本に乞食がいなくなったことによって、われわれは乞食が代表していた神秘と哲学を失った。そういう不可知のものからわれわれへ無遠慮にさし出される汚れた手、貧困の只中からニュッとさし出される手を失ったのだ。

貧困はその代りに、目に見えない、複雑な、徐々に身をむしばんで来るようなものになったのである。

「インド通信」（「朝日新聞」夕刊、昭和42〈1967〉年10月23、24日）

日本の造園術は、寝殿造の庭のような円満な遊興形式にせよ、中世以降の隠遁者流の庭にせよ、権力そのものの具現であるような庭の形式をかつて知らなかった。庭が安息であり、権力否定の場であることは、金をかけた庭ほど目ざしているところのものであり、それは精妙な偽善の技術とさえ見えるのである。

庭がどこかで終る。庭には必ず果てがある。これは王者にとっては、たしかに不吉な予感である。

空間的支配の終末は、統治の終末に他ならないからだ。ヴェルサイユ宮の庭や、これに類似した庭を見るたびに、私は日本の、王者の庭ですらはるかに規模の小さい圧縮された庭、例外的に壮大な修学院離宮ですら借景にたよっているような庭の持つ意味を、考えずにはいられない。おそらく日本の庭の持つ秘密は、「終らない庭」「果てしのない庭」の発明にあって、それは時間の流れを庭に導入したことによるのではないか。

「「仙洞御所」序文」(「宮廷の庭1」淡交新社、昭和43〈1968〉年3月)

汚ない東京が雪におおわれて、一夜だけでも美しく見えるというのは、自然の魔術にすぎない。美しいものは、何ものにもカバーされず、あからさまで、しかも美しくなければならない。〔…〕

雪にはムードがありすぎる。そして現代はすべてムードをたのしみすぎて自分をだましているようだ。

「月々の心」(「婦人画報」昭和44〈1969〉年1～12月)

文明人がプリミティヴィズムを内部に蔵しているのは、何と素敵なことであろう。蒼《あお》ざめた都市生活者であることよりも、noble savage であるということは、現代人として何と誇らしいことであろう。一国の文化の底の底を掘り起しても、何ら原始的な生命の根に触れえないような「文明国民」とは、何と十九世紀的で、何と時代おくれなことであろう!

「序(矢頭保写真集「裸祭り」)」(矢頭保写真集「裸祭り」美術出版社、昭和44〈1969〉年2月)

私はこれからの日本に大して希望をつなぐことができない。このまま行ったら「日本」はなくなってしまうのではないかという感を日ましに深くする。日本はなくなって、その代わりに、無機的な、からっぽな、ニュートラルな、中間色の、富裕な、抜目がない、或る経済的大国が極東の一角に残るのであろう。それでもいいと思っている人たちと、私は口をきく気にもなれなくなっているのである。

「果たし得ていない約束——私の中の二十五年」（「サンケイ」夕刊、昭和45〈1970〉年7月7日）

後記

・本文の底本は、「決定版　三島由紀夫全集」（全42巻・補巻・別巻）を用いた。ただし、旧仮名づかいを新仮名づかいに改めた。

・文脈をたどるのが難しい箇所には〔　〕で注記を加えた。また、省略した箇所は〔…〕で表した。

・文末に初出誌紙名（単行本の場合もある）と、その発行年月（日）を示した。発行年は元号と西暦を併記した。元号を用いたのは、三島由紀夫の満年齢が昭和の年数と重なるので、文章発表時の年齢が分かるためである（三島由紀夫の生誕は大正14年1月14日）。また西暦を併記したのは、これを読む時点からの年の隔たりを見やすくするためである。

・本書に掲げた語録の前後、あるいは全文を確認するには、「決定版　三島由紀夫全集」補巻の索引により、全集にあたられたい。

・今日の観点から見ると、差別的な、あるいは差別的と受け取られかねない語句や表現があるが、著者の意図はそうした差別を助長するものではないこと、著者が故人であること等に鑑み、原則として底本どおりとした。

佐藤秀明 1955(昭和30)年神奈川県生まれ。近畿大学文芸学部教授。三島由紀夫文学館・運営委員会研究員を務め、『決定版 三島由紀夫全集』(新潮社)の編集に携わる。著書に『三島由紀夫——人と文学』(勉誠出版)など。

Ⓢ新潮新書

645

三島由紀夫《みしまゆきお》の言葉《ことば》　人間《にんげん》の性《さが》

編　者　佐藤秀明《さとうひであき》

2015年11月20日　発行
2025年2月5日　3刷

発行者　佐藤隆信
発行所　株式会社新潮社
〒162-8711　東京都新宿区矢来町71番地
編集部(03)3266-5430　読者係(03)3266-5111
http://www.shinchosha.co.jp

印刷所　錦明印刷株式会社
製本所　錦明印刷株式会社

ISBN978-4-10-610645-3　C0295

Ⓢ新潮新書

983
脳の闇
中野信子
承認欲求と無縁ではいられない現代。社会の構造的病理を誘うヒトの脳の厄介な闇を解き明かす。著者自身の半生を交えて、脳科学の知見を媒介にした衝撃の人間論！

987
マイ遍路
札所住職が歩いた四国八十八ヶ所
白川密成
札所の住職が六十八日をかけてじっくりと歩いたお遍路の記録。美しい大自然、幽玄なる寺院、空海の言葉……人々は何を求めて歩くのか――。日本が誇る文化遺産「四国遍路」の世界。

991
目的への抵抗
シリーズ哲学講話
國分功一郎
消費と贅沢、自由と目的、行政権力と民主主義など、コロナ危機に覚えた違和感の正体に迫り、哲学の役割を問う。『暇と退屈の倫理学』の議論をより深化させた、東京大学での講話を収録。

1017
男と女
恋愛の落とし前
唯川恵
不倫はすることより、バレてからが本番――36歳から74歳まで12人の女性のリアルな証言を恋愛小説の名手が冷徹に一刀両断。珠玉の名言にあふれた「修羅場の恋愛学」。

1018
貧乏ピッツァ
ヤマザキマリ
極貧の時代を救ったピッツァ、トマト大好きイタリア人、世界一美味しい意外な日本の飲料、亡き母の思い出のアップルパイ……食の記憶と共に溢れ出す人生のシーンを描く極上エッセイ。

新潮新書

1021
歴史は予言する
片山杜秀

ローマ滅亡の裏に「少子化」、ウイグル美女が中華皇帝を倒す「幻の日本製オペラ」、ジャニーズ創業家と皇室の意外な関係——。教科書に載らない秘話から「この国の未来」が見える。

1029
本音
小倉智昭
古市憲寿

少年時代の吃音、フリー時代の極貧を経て、「とくダネ!」MCを22年務めて朝の顔に。現在はがん闘病中……。生い立ちから芸能界、死生観まで年の離れた友人・古市憲寿にしゃべった!

1036
大人の居酒屋旅
太田和彦

いい人、いい酒、いい肴を訪ねて30余年、孤高の居酒屋評論家が伝授する居酒屋旅の歩き方。人情と土地のよさに出会い、文化を訪ね、そうして傾ける一杯の美味さよ——。

1038
俺は100歳まで生きると決めた
加山雄三

新たな音楽活動に挑んだ70代から愛船の火災と病に見舞われた80代、そして未来を見据えた余生まで。茅ヶ崎の海と旧友たちに思いを馳せながら、永遠の若大将が語る幸福論!

1037
苦しくて切ないすべての人たちへ
南直哉

生きているだけで、大仕事——。恐山の禅僧が説く、心の重荷を軽くする後ろ向き人生訓。死者を求めて霊場を訪れる人々、よい宗教とわるい宗教など、「生老病死」に本音で寄り添う。